講談社文庫

みんなの秘密
〈新装版〉

林 真理子

講談社

目次

みんなの秘密〈新装版〉

爪を塗る女

倉田涼子《くらたりようこ》は信じられないほどの幸福感の中にいる。

自分にこれほどの幸福が訪れようとは、最近まで考えたこともなかった。

三十四歳の主婦である彼女には、当然人生の節目といわれるような出来ごとがあり、結婚の時も嬉しかったが、その次の年に長女を産んだ時には、それこそきらめくような感動をおぼえたものだ。しかし今、彼女が味わっている幸福というのは、それまでのものとはまるで違っている。その甘やかさに酔っていると、裏側から怯《おび》えや恐怖が顔を出す。あわてて力を入れてそれを押さえつけると、甘やかさはますます強くなるかのようだ。つまり涼子は不倫という幸福を手にしているのである。

不倫といっても涼子の場合は可愛いもので、相手の男とはまだ接吻《せつぷん》しかしていない。が、接吻にとどまっているからこそ、相手の男は大層やさしくしかも誠実である。その誠実さは、女の肉体を手に入れるまでの短かい期間のものなのであるが、やはり涼子は幸せでたまらない。

「僕は君の夢を、もう二度も見てしまったよ」

男は涼子にささやく。

「起きた後も、しばらくぼうっとしてしまったよ。本当に僕は君のことを好きなんだって、つくづく思ったなあ……」

この言葉はどれほど涼子を有頂天《うちょうてん》にさせたことだろう。三十歳を過ぎ、人妻でしかも子持ちである自分のことを夢にみる。そんな男が、現実に存在するなんて、これが幸福でなくて何だろうか。

「会いたくって、会いたくってたまらなかったよ」

男は涼子をひき寄せ、強く唇を押しつける。最初の頃はおとなしく閉じられていた涼子の唇であるが、最近はゆるく開いて、唾液《だえき》の中に男の舌を迎え入れたりする。

が、そのあたりが限界である。肉体関係までいかない不倫のカップルが唇を触れ合う場所といったら、カラオケボックスか、家から離れた公園である。若い恋人たちのように傍若無人《ぼうじゃくぶじん》に振るまうことなど出来るわけもなく、涼子はもし人に見られたらと気が気ではない。たとえ全くの他人であっても、自分たちが抱き合っているところを見られるのは大変な失態だと思う。そんな涼子の小心さを、男はある時はいとしがり、ある時は腹を立てたりする。

「そんなにびくびくすることはないじゃないか。僕たちはまだ、何にも悪いことをしていないんだよ」

夫以外の男とキスをすることが、罪でいえばどのくらいのところに位置しているのか涼子にはまだよくわからない。親愛の情のこもったちょっとした悪ふざけと逃げられそうな気もするし、大きな悪事への入り口という気もする。

それにしても、男にきつく抱かれ唇を吸われるのは何という喜びであろうか。

「君の髪って、何ていいにおいがするんだろうか……」

男は涼子の髪の生えぎわまで舌をはわせることがある。涼子が使っているのは、ありきたりの国産のシャンプーである。が、男にそう言われてから、涼子は男に会う日は必ずシャンプーをし、いつもより念入りにリンスをするようになった。

全く本当に、こんな日がやってくるとは、いったい誰が予想しただろうか。

男との出会いは半年前、友人の結婚披露宴がきっかけであった。同級生の中で、涼子は非常に結婚が早い方である。進学率の高い女子高校だったから、四年制の大学へ進む友人がほとんどであったが、涼子はあえて短大を選んだ。勉強がそう好きなわけでもなかったし、親もその方がよいと勧めたからである。

世の中がまだ好景気の頃で、卒業後難なく有名電機会社に就職が決まった。三年は勤めてくれと面接の時に言われ、はい、そうしますと涼子も答えたのであるが、二年後には寿《ことぶき》退社ということになった。恋愛していた同じ課の倉田紘一《こういち》が熱心にプロポーズしてくれたからである。紘一は出身校、人柄、将来性とも平均以上のものがあるというのが、社内の女性たちの評価であった。ひとつ平均までいかぬのが身長で、百六十六という数字は少々みじめたらしいが、自分自身が小柄な涼子にとっては、これは何の問題もなく、涼子以上に親たちが及第点をつけた。紘一は名前からして長男であるが、長野の親元にいて家業を継いでいる弟がいることが、さらに高い評価へとつながったのだ。

実際に結婚してみれば、我儘《わがまま》で強情なところがあり、とても満点の夫とはいかない。が、すぐに子どもに恵まれ、平穏といえば、なるほど平穏といえるような暮らしが十二年続いている。

が、三十過ぎてから結婚していく友人たちを見ていると、こういう生き方もあるのかと涼子は思い始めている。それまで独身で働いている同級生を、心の中で憐《あわ》れんでいたのは本当だった。夫という男の存在がいる安らぎ、それよりも何よりも、黒々と濡れた瞳をこちらに向けて乳を吸う子どものいとおしさを知らずに、この女たちは生きていくのだろうかと、涼子は気の毒になったりもしたものだ。ところがどうだろう、涼子があれほど誇りにしていた家庭や子どもというものは、三十過ぎてからもいくらでも手に入るものであったのだ。しかも彼女たちは、もうひとつの掌《てのひら》に「仕事の楽しみ」というものまで持っているのだ。

「自分は急ぎ過ぎたのかもしれない」

披露宴の席で、涼子が憮然《ぶぜん》としてデザートのメロンを口にしている時に、その男は現れたのである。新郎の友人として出席していた男と知り合う、などというのは若い人たちだけの話かと思っていたが、中年に近づく年齢でも、やはり起こる時は起こるのである。二次会のスナックで、男は涼子に名刺を呉《く》れた。専業主婦になってからというもの、銀行や証券会社の男は別にして、涼子は名刺というものに縁がない。とっさにそれをハンドバッグの内ポケットに入れたから、男の勤める会社や肩書きをほとんど見なかったといってもいい。後になってわかったことであるが、新郎のヨット仲間というその男は、ハンドバッグ製造会社の専務をしていた。浅草にある老舗《しにせ》の会社では、まだ元気な父親が社長を務《つと》め、長男が副社長をしているという。男の妻は美術大出のデザイナーで、彼女のつくるハンドバッグは人気があり、時々は女性雑誌にも出るという。その妻と男との間には、男の子が二人いる。この二人の子どもたちのうち、長男の方はカナダに留学している。……などということをどうして涼子がすぐに知ったかというと、結婚披露宴の後、新婚の友人の家で行なわれた食事会がきっかけである。妻の側から二人、夫の側から三人の友人が招かれるというこぢんまりとしたもので、皆で鍋を囲んだ。いくらかアルコールが入った頃である、友人が涼子にささやいた。

「あのね、今夜ね、田崎《たざき》さんがどうしても涼子を誘ってくれって。あの奥さん、僕のタイプだからどうしてもって、そりゃ大変だったのよ」

ああ、斜め前に座っている男は田崎というのかと涼子は確認する。それまでも誰かが「田崎さん」と呼ぶのは聞いていたし、最初に男が名乗ったような気もする。しかし友人のそのささやきを聞くまで、男は匿名《とくめい》に近かった。他によく喋《しゃべ》る男がいて、隣りに座っている女と、かけ合い漫才のようにふざけたことを言い合い、皆を笑わせていく。だから田崎という男のことは、ビールの飲みっぷりがいいというぐらいで、とりたてて印象を受けなかったのだ。

それなのにどうしたことだろう、友人の言葉がアルコールよりも早く、涼子の体の中をまわり始める。

「僕のタイプ」

「どうしてもって」

そんな言葉、そんな形容詞はとうに自分の人生から失《な》くなっていると思っていた。冗談ばっかりと笑ってつき放そうとしたが、そんなことをしたら言葉はすぐに消えてしまうような気がした。空中にときはなされるやいなや、またたく間に溶け、すべてのことは嘘《うそ》だよとどこかでからかう声がしそうだ。

そのまま押し黙ってしまった涼子の様子が、よほど初心《うぶ》でからかいやすかったのであろう。友人夫婦は最後に、もう一度涼子に悪戯《いたずら》をしかけた。

「ねえ、田崎さん、ちょっと遠まわりになるけど涼子を送っていってよ。この人、箱入り奥さんだから、一人で帰すの心配なのよ」

「ああ、大丈夫ですよ。ちゃんとお送りしますよ」

「送り狼《おおかみ》になっちゃダメよ。いくら好みのタイプだからって」

かなりアルコールの入った友人がいい、帰り仕度をしている者たちは、いっせいに野卑《やひ》な笑い声をあげた。その時涼子はひどく自分が汚《けが》されたような気がしたものだ。一時間前、心の中に起こったかすかな動揺を見透《みす》かされたのだと思う。もう男の車に同乗など出来ない。唇を噛《か》んだ。後に男が語るには、皆にからかわれた時の涼子の様子があまりにも可憐で、自分はいっぺんに恋をしたのだそうだ。

その「可憐」という言葉にも、涼子はどれほど驚いたことだろう。この年齢になった自分に、そんな表現をする人がいることが驚きでなくて何だろう。「可愛い」「素敵」「綺麗《きれい》だよ」、もう涼子の前からとうに吹き去ってしまった言葉を、男は丁寧にかき集めて彼女の胸に抱かせてくれる。

帰りのタクシーの中でも、男は何とたくさんのことを涼子に与えてくれたことか。

「こんな日、おうちのことはどうするんですか」

「ざっと用意をして出かけますのよ。実家が近いんで助かるんです」

主人は帰りが遅いですし、娘は小学校五年生になりましたから、たいていのことは出来るんです。もし同性から聞かれたらこう答えるに違いない言葉を涼子は呑《の》み込む。少々酔っていても、とっさに尋《たず》ねられても、女はこれだけの翻訳は出来るのである。

男は自分の住んでいる街の話をした。浅草というところには、地元の人だけが行く安くておいしい店がいろいろあるというのだ。

「倉田さんは、天麩羅《てんぷら》がお好きですか」

「ええ、自分で揚げるのは苦手ですけど、食べるのは大好きですよ」

「じゃ、お誘いしてもいいですかね。ご主人、怒りませんかね」

「もう、そんな年じゃないですよ」

涼子はわざとらしく笑った。久しくこういう時のかわし方を忘れていたのである。

「そうかなあ、僕がご主人だったら、こんな綺麗な奥さん、心配でたまんないけどなあ」

「まあ、ありがとうございます」

この最後の言葉は、涼子を少々警戒させる。あまりにも常套句《じょうとうく》というものではないだろうか。もしかするとこの男は、遊び慣れた油断ならぬ男かもしれない。涼子は窓から夜景を眺めるふりをして、男の横顔を見つめた。これといって特徴のない小づくりの顔である。もっと男の情報を友人夫婦から仕入れておけばよかったと涼子は思い、そんな心の動きを密《ひそ》かに恥じる。主婦である自分が、いったい何を考えているのだ。

「電話番号、聞いてもいいですか」

「ええ」

といっても、こういう場合書き出す筆記用具を涼子は持っていない。同じ主婦という立場でも、稽古《けいこ》ごとや予定の多い女は手帳を持っているのであるが、涼子にはその必要がなかったのだ。

「よろしかったらこれをお使いくださいい」

男はジャケットの胸元から、黒革の手帳を取り出した。もし彼が開いたページが、きっかり書き込まれた住所録だとしたら涼子は躊躇《ちゅうちょ》したに違いない。が、涼子の前に差し出されたページは、ミシン目がついたメモ部分である。いかにもいっときの仲という気楽な感じがして、涼子は3から始まる数字をそこに記した。

「何時頃にお電話すればいいですか」

「午前中ならたいていおります」

それが男と涼子の秘密の始まりであった。

天麩羅を食べた夜はどうということなく終わり、半月後男が次に連れていったところは深川にある小料理屋である。その昔は花柳界の女と客で賑《にぎ》わったであろう、風情《ふぜい》のある二階家だ。ここの小部屋で、涼子は生まれて初めて鮟鱇鍋《あんこうなべ》というものを食べた。やや大味のような感じがしたが、つるりとした舌の感触は悪くない。

ここで男は突然、涼子の手を握《にぎ》ってきたのである。その時、涼子の左手はやや無防備に卓の上に置かれていたが、それに男は自分の右手を重ねてきた。その重みで涼子の左手は動くことは出来なかった。大きな獣《けもの》にのしかかられた小動物のようにじっとしているだけだ。

「綺麗な手だなあ……」

男は感にたえぬ、という風につぶやいた。

「すべすべして、なんて綺麗な手なんだろう」

密かに涼子は快哉《かいさい》を叫んだ。涼子の母は、これといって神経質なところも、娘に過大な期待を持つこともない女であったが、手の美しさについてはひどくうるさかった。荒れた手をした女は、お里が知れるというのだ。台所を手伝い始めるようになった涼子に、まずゴム手袋をつけることを教えた。女の手をいちばん痛めるのは食器の洗剤なのだから、流しの前に立つ時は必ず手袋をしろというのだ。今でもこまめにクリームをつけるから、涼子の手はよく人に誉《ほ》められる。近所の主婦の何人かは、涼子の家の台所には、食器洗い機が置かれていると信じているほどなのだ。

子どもを育てた主婦にしては、節《ふし》もなくすんなりと白い手は、いわば涼子の努力の結果なのである。が、夫はこのことに気づかない。気づかないどころか、妻のディテールに全く関心を持たないといった方がいいであろう。それなのに他の男は、涼子の手を握りその美しさを賛《たた》えてくれたのである。涼子の努力は報《むく》われたのだ。努力が報われるというのは、涼子にとってめったにない経験である。その喜びにさらに性的な要素が加わる。男は涼子の手を持ち、自分の唇に近づけたのだ。

「やめてください」

かすれた声が出た。

「どうして。手に接吻するぐらいいいでしょう」

日本酒で火照《ほて》った男の唇は熱かったが、ひどく乾いていた。その乾きが涼子の罪の意識を軽くしている。いや、軽いどころか全く無いといってもよいぐらいだ。ここで涼子は少し油断をした。

やがて男は立ち上がり別れの口上を述べる。その様子が自然だったので、涼子もつられて立つ。男と目が合った。最初に会った時よりも、二度目に会った時よりも、今の方がいい顔をしている。そう悪くない容姿だと思ったとたん、涼子の体がぐらりと揺れた。酔っているわけでもなく、実際スーツ姿の涼子は畳の上にきちんと立っていたのだ。それなのに涼子の体の中に、大きな振り子がつくられ、それは片方にだけ大きく動いた。

気がつくと涼子は男の胸に抱かれていた。涼子の唇に男の唇が押しつけられた。さっき手に触れた時は乾いていると思った男の唇であるが、涼子の唇の上では重くぬめっていた。

壁ごしの廊下を、仲居が何やら喋りながら通り過ぎていく。あわただしい接吻だった。

「夫以外の男と、初めてキスをした」

という事実に、涼子は眠れない夜を過ごすことになるが、その時はまだぼんやりとしていたはずだ。十三の少女よりも、三十四の人妻の方が、キスに対してはるかにおぼこな時があるが、涼子がそうであった。それはもちろんキスの次に用意されていることに畏《おそ》れおののくからである。

その夜、涼子は、夫以外の男と接吻した人妻が、誰でもするようなことをした。風呂上がりに自分の体を真剣に点検したのである。二年前に改築した際、バスルームにかなり大きな鏡を入れたから、涼子は自分の裸を恥毛《は》の下まで見ることが出来た。乳房はまだ十分な張りと艶《つや》を持っている。娘の歯が生えてくるのがやたら早く、授乳期間が短かかったことが幸《さいわい》したのだ。しかし問題はウエストから下腹にかけての線である。体重からすればそう太っている方でもないのであるが、涼子の下腹は肥満した男の乳房ほどのふくらみを持っているのである。脂肪のせいで、臍《へそ》の形も横に拡がりかけている。子どもを産んだ歴史は、女の胸ではなく下腹部にはっきりと現れているようなのだ。

わけのわからぬ口惜《くや》しさで涼子はうなだれてしまう。そしてわかったのだ。世の中の結婚している女たちが、最後の一線を拒《こば》むのは決して道徳のためではない。ましてや夫への愛のためでもない。自分の体を他の男に見せたくない、ただそれだけのためなのだ。夫とならば、惰性で見過ごされてしまうさまざまなことが初めての男ならば見つめられてしまう。若い頃、男の凝視は恥じらいと喜びをつくり出してくれたが今は違う。おそらく涼子は恐怖で体がすくんでしまうはずだ。

だが、もしもと、涼子はさらに想像力を飛躍させてみる。男と自分とがもう少し交際を続けるとしたらどうであろう。キスだけで半年なんとか持ちこたえてみせる。そこまできたら男も自分も本気という域まで達しているはずだ。そこにたどりつけば、もはやどんな裸体でも許されるはずであった。

とりあえず涼子は、手に専念することにする。男がしっかりと握ってくれて、

「綺麗な手だね」

と何度も繰り返し言ってくれた場所である。次もおそらく男はこの手を愛撫してくれるはずだ。そしてこの手こそは、涼子の肉体の入り口であり、小さな門なのである。似ているようでも唇は違う。唇という場所はそこだけでひとつの王国だ。キスという大きな儀式が行なわれるために、唇はそれだけで独立しているのである。が、手は違う。手は涼子の体の水先案内人なのだ。

涼子はしみじみと自分の手の甲を見つめる。肌理《きめ》の細かさとみずみずしさを十分に残した皮膚《ひふ》である。が、マニキュアは少々流行遅れの色であったし、手の甲も磨けばさらに美しく輝くはずであった。

次の日、涼子はデパートの化粧品売場に出かける。涼子はそれほど高くない外資系のメーカーが前から好みで、都心に出るたびにここで買物をするようにしているのだ。顧客名簿にも名前が載《の》っているほどなのであるが、ハンドクリームを買うのは初めてである。いつもだったら、近くのスーパーでもっと安いものを買っているのだ。

「ハンドクリームなら、ちょうどいい新製品が出ましたよ」

ここの店員は行くたびに顔ぶれが変わるが、彼女も流行の細い眉をした見かけない女だ。

「ピーリング効果もありますから、すぐにつるつるになりますよ」

ピーリングというのは一種の垢《あか》すりのようなものだ。念入りに洗った手でも、真黒な垢がぽろぽろと出てくる。それはご免だと涼子は言った。

「それならば、従来のこの乳液タイプのものがいいですよ。しっとりとなじんで、においもありませんから」

店員がその乳液タイプのハンドクリームを包んでいる間、涼子はマニキュアをゆっくりと選ぶことが出来た。あまり流行の最先端をいくものというのは、概して品のないものである。手を美しく見せる色というものは昔から決まっている。結局涼子が選び出したのは、パールの入ったピンクだ。ピンクというのは、手を若々しく見せてくれるばかりでなく、品がよくてやさしい色だ。おそらく男も気に入るに違いない。

　家に帰り涼子はマニキュアを始める。子どもの通う学校の母親の中には、マニキュアをプロに任せるという女がいたが、涼子にそんな余裕はなかった。聞けば安くても七千円、八千円という料金がかかるというのだ。それぐらいならば、自分でマニキュアをした方がずっとよい。それに涼子は、爪に色を塗るのが昔から得意なのだ。

　まず手を湯でふやかし、爪の甘皮をはがしてやる。この時けっして爪切りを使ってはいけない。爪に大きな負担がかかるからだ。丁寧に丁寧にやすりをかけて爪の形を整えていく。そしてベースコートを塗り、次第に色を重ねていくのだ。

　このマニキュアが成功するかどうかは乾くまでどれほど辛抱できるかにかかっている。もう大丈夫だろうと思って何かを始めると、必ずひとさし指のあたりが剝《は》がれてしまう。心と時間にたっぷりと余裕がなければ、マニキュアを綺麗に仕上げることは困難だ。涼子は子どもが寝て、夫が帰ってくるまでの間に爪を塗ることにした。最近接待のお供が多い夫は、その日も夜明け近くに帰ってきたので、涼子の爪は十分に乾くことが出来た。

そして二日後、前回と同じ料理屋の小座敷で、男は涼子の手をすぐに握ってきた。自分の指で、涼子の指の股をこすり上げるようにしながら、しみじみと涼子の手を見つめる。

「ああ、なんて綺麗なマニキュアなんだろう」

前のなんて綺麗な手なんだろうという賞賛が、なんて綺麗なマニキュアに変わったわけであるが、涼子は少しも不満ではない。またしても自分の努力はきちんと評価されたのである。

男は涼子の手をゆっくりと撫で始める。それは愛《め》でるというよりも、確かめるといった風がふさわしい冷静さだ。どうやら男は、自分の肌のやわらかさや白さを、手から探ろうとしているのだと涼子は思った。しかしそこまでだ。手以上のものを、涼子は許そうとは思っていない。手首まででお終《しま》いにするつもりだ。つまり涼子にとって、手というのは防御壁であり、いき止まりの印である。男はここまでしか立ち入りを許されないのだ。

涼子は自分のあきらかな優位に、顔が次第にほころんでくる。男に与えるものの量を決めるのは涼子の方で、男は大層焦《じ》れているらしい。その男の顔を見るのは何と楽しいのだろう。涼子はあまり出費することもなく、危険を冒すこともなく、最大の効果を上げることが出来たのだ。

おそらく涼子はにっこりと微笑《ほほえ》んだらしい。その笑い顔が可愛いと、男は卓から身を乗り出し涼子に接吻する。

「この後、僕の車で送っていくよ」

「えっ、自分の車で来たの」

いつもなら酒を飲むことを考えて、男はたいていタクシーである。

「ちょっと荷物があったんでね、自分の車にしたよ。家まで送ろう」

そういえば男が、食事の最中ほとんど酒に口をつけなかったことを思い出す。

店を出て駐車場へ向かう。男の車は新型のクラウンで、いかにも彼らしいと涼子は笑ってしまった。保守的でプライドの高い男にぴったりだ。

そのクラウンは夜道を進んでいく。橋を越え国道をしばらくいくと、両側に畑が見え始める。二十三区内とは思えないほどのんびりとした風景である。ヘッドライトが収穫前のキャベツを照らし出した。

「どこかへ行きたいな」

不意に男が言った。

「えっ」

「涼子ちゃんとどこか二人きりになれるところへ行きたい」

男は子どもが拗《す》ねる時のように、唇をきゅっと曲げた。それに呼応して涼子の口から、やかまし屋の保母が、子どもを諭《さと》すような声が出る。

「二人きりなら、さっきも二人きりで食事をしたじゃないの」

「そんなんじゃないよ。さっきびくびくしながらキスをしただろう。いつもそうだ。カラオケボックスとか、ああいう座敷とか、いつ人が入ってくるだろうと、あたりをうかがいながら僕は涼子ちゃんにキスをしてる。一度でいいから、ちゃんとゆっくりと涼子ちゃんとキスをしたいんだよ」

男が車を停めるといい始めたらどうしようかと、涼子は気が気ではない。この道は涼子の住む団地へと続いているのだ。知り合いに目撃されたら大変なことになる。それは料理屋の仲居に何かを見られることの比ではなかった。涼子がそのことを口にすると、

「それならば」

男は仕方ないとでも言う風に、今度は唇をとがらした。

「Uターンしてさ、もうちょっと左の方へ向かってみようよ」

そこは国道の出口で、モーテルが何軒か並んでいるところである。

彼は決断を迫っているのだ。車を停めてその中でキスをするか。それともモーテルに入り密室の中でキスをするかのどちらかをだ。奇妙なことにそのどちらでもなく、このまま涼子を家まで送っていくというコースは、選択肢の中には入っていないらしい。さらに奇妙なことに、涼子もそれを当然だと思っている。家に帰りたい、などと言わずに涼子は沈黙する。それが返事となって男は車の方向を変えた。

しばらく二人は何も言葉を交《かわ》さない。男がやたらと車のスピードを上げた。

車はやがてネオンの中に吸い込まれていく。駐車場の入り口で、男は何枚かの紙幣を出した。金と引き替えにカード式のキイを貰《もら》えるのだ。

「まあ、なんて便利なんだろう」

涼子はなぜかぼんやりとしたままだ。モーテルというところに来たことに、そう動じてはいない。ただこの自動販売機から出てくるキイに、ちょっと驚いただけだ。

「さあ、行こうよ」

男は乱暴に涼子の腕をとる。まるで被疑者を連行する刑事のようにだ。もはや男は、涼子の爪など見ていない。エレベーターの中で、待ちきれない男は、涼子の乳房にそっと触わる。その後も男は、涼子の爪など二度と見ようとはしなかった。

悔いる男

朝、出がけに倉田紘一は、妻の顔を見た。これはとても珍しいことといってもよい。なぜなら彼が家を出る時間よりもやや遅れて、小学校五年生の娘は登校する。連絡ノートはちゃんと持ったか、牛乳は残さないように飲み干せなどと、たいていの家庭がそうであるように妻の涼子は子どもにかかりきりになっている。夫の方はテーブルに朝食を並べさえすれば、それで自分の役目は済んだと思っているかのようだ。事実紘一はそれでさしたる不便や不満を感じるわけでもなく、コーヒーを飲み、トーストを齧《かじ》った後は手早く着替えてネクタイを締める。紘一が子どもの頃、パジャマのまま朝食をとるなどということは許されなかったのであるが、今はこのスタイルが定着した。一度スーツのまま朝食をとっている時、まだ小さかった長女にテーブルの上のジュースをひっくり返されたことがあるのだ。

とにかくだらしない格好《かっこう》のまま食べるものは食べた後、紘一は寝室へ行きスーツに着替える。よくあるファミリータイプの３ＬＤＫのマンションであるから、玄関に行くためにはもう一度ダイニングルームを通らなければならない。この時初めて紘一は妻に声をかける。

「じゃ、行ってくるよ」

たいていの場合、涼子はレンジの前に立ち背を向けているか、あるいは中腰のままテーブルの前にいる。声も視線もせわし気に、一瞬だけ夫の方に向けられる。

「行ってらっしゃい。今日も遅くなるのね」

後半の部分はほとんど断定であるが、事実この半年、数えるほどしか夕食を家でとっていないのだからこう言われても仕方ないだろう。

「ああ、飯はいいよ。もしかしたらお茶漬けぐらい貰うかもしれないが……」

そう言いながら、紘一は昨日も同じような返事をし、結局は何も食べなかったことを思い出した。どうやら全く無意識のうちに、いちばんあたりさわりのない適当な言葉を口にするようになっていたらしい。

その朝も紘一は左手でネクタイの位置を確かめながら妻に声をかけた。

「じゃ、行ってくるよ」

「行ってらっしゃい」

妻の声が思わぬ近さで聞こえ、紘一は顔を上げる。何かを取りに来たのだろうか、いつもはこの時間レンジの周辺にいる涼子が、本当にすぐ側、寝室のドアの後ろに立っていたのである。

「今夜も遅いの」

おまけに毎朝の質問もやや変化球で来るではないか。少々うろたえた紘一は、おもねるような口調になってしまった。

「いや、そんなに遅くならないようにしようと思ってる」

「そう」

夫と妻はここで見つめ合った。紘一は涼子が薄く口紅をさしていることに気づく。そんなはずはない、涼子は確かに薄化粧をすることはあるが、それは夫と子どもを送り出してからのことだ。彼女にも紘一のスーツと同じような手順があり、朝食の最中は素顔でいるはずである。だから口紅などつけているはずはないと、紘一は朝の光の中で妻の顔をもう一度見る。そして妻の唇にあるものは紅ではなく、ほんのりとした血の色だということに気づいた。久しぶりに凝視した妻が、めっきり綺麗になっていることを紘一は認めざるを得ない。認めることは認めるが、それは決して口に出してはならない事実であった。おかしな表現かもしれぬが、そうしたことをしたら最後、夫と妻とでせっかく作り出してきた微妙なバランスが崩れるような気がするのだ。

そのまま何も言わず紘一は玄関へ行き、靴ベラを持った。革靴に足を入れながら、おそらく自分の妻は幸福なのに違いないと紘一は思った。もちろんそうに決まっている。この春自分は昇進したし、マンションのローンももう少しで終わる。それより何よりも小学校五年生の娘は出来がよく、親がそれほど必死になっているわけでもないのに、成績が学年で五番と下ったことがない。おそらくさ来年の私立の受験も大丈夫だろうと言われている。そうした家族を持つ主婦が不幸であるわけはなかった。紘一は自分が妻に与えているものの大きさに満足しているのであるが、この満足は決してすっきりとした暖かいものではない。同時に涼子を責めなじる紘一がいる。

「妻はもっと自分に感謝してくれてもよいのではないだろうか」

妻が当然のようにすべてのものを享受しているのが紘一は不満である。涼子が手にしているものは、もしかすると全く別の他人に与えられるものだったのかもしれない。どうして妻という人種は、そうしたからくりに何ひとつ気づかず、呑気《のんき》な顔をして少しずつ肥満していくのであろうか。もし紘一が気まぐれを起こし、明日でも別れたいなどと言ったら、妻はこれまでの安逸な生活をすべて失なうことになる、全くどうしてそんな重大なことに気づかないのであろうか……。駅が近づくにつれ、紘一が次第に意地の悪い気持ちになっていくのには理由がある。それは篠田《しのだ》博子《ひろこ》の噂《うわさ》を聞いたからに違いない。

若い時代の恋人というのは、その顔の美しさやつくりよりも、肉体の記憶の方がはっきりと甦《よみがえ》りやすいものだ。博子はそう太っているというわけではなかったが、強い生命の力が内側からむっちりと膨《ふく》らんでいるといったような体つきの娘であった。若い女が今のようにダイエットに精を出し頬骨をとがらせているような時代でもなかった。博子はサイズの合わないブラジャーをしていたためか、大きな乳房が少々だらしなくTシャツを盛り上げていて、それがまず紘一たちの視線と話題をさらった。

「すげえおっぱいのでっかい女の子が入ったな」

博子は紘一の在籍する大学の、短期大学部の一年生であった。四年制の女子学生よりも、短大の方がはるかに質がいいというのはよく知られていたから、紘一たちは集中的にテニス同好会の新入生勧誘のチラシを撒《ま》いた。短大のキャンパスでそれを受け取った博子は、部室のドアをノックしてきたのである。四月のことで白いブラウスを着ていたが、その真中のボタンが今にもはち切れそうになっていたことを、紘一は後に思い出すことになる。勧誘のビラを持ってひとりで部室を訪ねてくる女の子など他にはいなかったし、博子は睫毛《まつげ》の長いくっきりとした目を持っていて、それが初めての場所でもおじけづくことなく見開かれていた。そうしたことをもっと思い出してもいいはずなのに、紘一の記憶にあるのは、張りつめたあまり布が小さな菱形《ひしがた》の隙間《すきま》をつくっている、第三ボタンと第四ボタンなのである。それは今にも誰かの指が触れると、ピンと空中に放たれそうであった。

そして日本中のキャンパスで、毎年のように繰り拡げられる気恥ずかしい青春ドラマが始まった。博子をめぐり紘一は先輩と争い、酒の席でこぜり合いをした。その興奮をどうしても収めることが出来ないまま紘一は博子のアパートに押しかけ、その夜強引に関係を持った。紘一の想像していたとおり博子は処女であった。まだ胴体がくびれておらず、胸だけがやたら大きな十八歳の体に、二十歳の紘一はまっしぐらに溺《おぼ》れていくのである。やはり部屋を借りていた紘一は、週末となると博子のところへ入り浸《びた》って、一緒に銭湯へ行ったり、スーパーへ買物へ行ったりと夫婦気取りの日が続いた。こうした仲は三年も続き、博子より一年遅れてサラリーマンとなった紘一は初月給で銀のネックレスを買ってやったりしたものだ。

博子はおそらく結婚してくれるものと思っていたらしいのだが、紘一の方から次第に遠ざかり、やがてきっぱりと別れを告げた。博子をその対象にしなかったのはいろいろと理由があるが、やはり決定的なものは彼女自身がつくり出していた。学生時代から博子は全くというほど同性に好かれなかったのである。一見おとなしそうだけれど、何を考えているかわからないというのがクラブの女の子たちの博子評であった。顔も体もすべてが暑苦しいという声を聞いたこともある。確かに博子は生えぎわというものが見つからないほど、ぴっちりとした髪が額をおおっていた。驚くほどたくさんの量の髪はうまくまとめるのがむずかしいらしく、いつも寝癖のように後ろがはねていて、それがかなりだらしない印象を与えたかもしれない。濃い眉の下には黒目がかった大きな目があったが、それがいきいきと輝やいたり、悲し気に濡れていくのを紘一はあまり見たことがない。その最中さえも博子は固く目を閉じ、自分の肉体に起こるさまざまな反応を素直に顔に伝えないところがあった。初期の頃は美点と感じ、紘一を夢中にさせていった博子のそうしたぶっきら棒な幼なさが、実は彼女の育ちから来ていることをやがて紘一は知る。

博子は自分のことを喋《しゃべ》るのを最初の頃は極端に嫌がったが、一年もつき合ううちには、ぽつりぽつりとすべてを語り始めた。七歳の時に両親が離婚し、博子は母親ひとりに育てられたという。中学しか卒業していない母親は、娘をせめて短大ぐらいは行かせたいというのが夢で、昼は健康食品のセールス、夜は水商売を続けてきた。しかしまだ若い彼女は母親に徹することも出来ず、何度か男と同棲《どうせい》と別れを繰り返してきたというのだ。中学二年の時に、そうした男の一人に膨み始めた胸のことをからかわれ触わられて以来、東京へ出て学生生活をおくるというのが博子のせつなく強い願いとなった。そのため近所の今川焼き屋でアルバイトを始めたというのだ。そうたいした金額にはならなかったが、クッキーの缶の中に五百円玉や千円札が貯《た》まるのが本当に嬉しかったと、ある夜珍しく饒舌《じょうぜつ》となった博子は、紘一の裸の腕の中で語り始めた。結婚ということを意識し始めた博子が、自分のことをすべて知ってもらいたいと心を全開にし始めた頃と、紘一が自分の胸の中の栓をきつくしたのとは、時期がほぼ一緒になる。二十三歳の紘一は、博子の持っている重みに疲れを感じてきたのだ。

紘一の父親は、長野で不動産会社とガソリンスタンドを経営している。地方ではまあ名士の類《たぐい》に入るであろう。しかし父親よりもはるかに有名人なのが、紘一の母親である。このあたりでは誰ひとりとして知らない者はいないという旧家、本陣の出であるということが自慢の彼女は、ソロプチミストの世話人として大変な人脈と人気をかち得ている。事実市議選が行なわれるたびに立候補を誘われるほどだ。

「注目される人間というのは、それなりに振るまわなければならない」

というのが、地域の名流夫人として生きてきた母親が、紘一と弟とに与えた言葉である。その母親が博子を迎え入れるとはどうしても思えない。地方にいるからますます純粋化される特権意識は、母親の場合は度が進んで固く鋭い結晶になっているかのようであった。

「私はうるさいことを言うつもりはないけど、ただまっとうな人と結婚してもらいたいの」

帰省の折につけて母親はこんなことを言い、見合い写真を見せたがった。こんな母親に博子を見せたらどうなるか、結果はあきらかである。

大学のクラブでコンパをしていた時も、博子のまわりには薄く透明な皮膜が出来ていたものだ。他の無邪気な、あるいは無邪気を装《よそお》うことの出来る女の子たちは、決してある距離から近づいてこようとしない。一緒に笑いさざめいているようであっても、そこから博子に触れる場所に来ようとはしなかった。そして彼女たちは酔ったふりをしながら、博子に近づいてくる男たちを観察しているのである。

倉田は三年生になっても、クラブの中で部長や副部長といったいいポストに就《つ》けなかったが、それは博子が原因であると口にした者がいる。

「私、倉田さんがあの人を好きだというだけで軽蔑します」

と、ある日したたかに酒に酔った下級生から言われたことがあった。博子への愛情と引き替えに、紘一は人望というものを失くしてしまったようなのである。社会のミ二版ともいえるクラブの中で、これは初めての失態であり挫折《ざせつ》であった。

「私って子どもの頃からいつだってそうなの」

ある夜博子がつぶやいたことがある。

「すごく女の子から嫌われるの。中学校の時からそうだった。それもはっきりしたいじめじゃなくて、絶対に仲間に入れてくれないとっても陰湿なやり方なのよ。叩《たた》かれたり何かされる方が、ずっとマシだと思ったことが何回もある」

「それはさ、ヒロコが綺麗過ぎるからだよ」

紘一は彼女の腿《もも》の内側に、手を伸ばしながら言ったものだ。固く脂肪が張りつめたそこは、すべらかな手触りのくせにあらゆる異物を拒否しているかのようだ。事実、ぷるんと指がはじかれそうになる。

「あのコたちはさ、みんなヒロコのことが口惜《くや》しくて仕方ないのさ。だってそうだろ、こんな素敵な体を持っているんだから」

さらに指を這《は》わせていくと、湿った暗い部分にいきつく。顔や声は鈍感と思えることがあったが、若い博子の体はやはり素直でいじらしい。しかしそんなことを母親に言えるはずはなかった。紘一が大きな価値を抱く博子の美点というものは、どうやら他人には通じるはずもなく、また口にしてはいけないものらしかった。

会社にも慣れ、仕事も面白くなりかけた頃だ。学生時代とは比べものにならぬほど多くの女たちと知り合う機会も増え、紘一は自分の前になかなか上質な選択が用意されていることに気づかざるを得ない。

やがて気まずい時間が始まり、男の方からの電話が少なくなりとお決まりのコースをたどった後、紘一はきっぱりと別れを告げた。博子は覚悟を決めていたらしく、泣いたり、執拗《しつよう》に復縁を迫ったりもしなかった。

「わかった……。あなたってやっぱりそういう人だものね」

薄く笑い、それを見た時紘一は女たちの、

「何を考えているかわからない人」

という博子の評をやっと理解したのである。

今から十四年近く前のことだ。ここまでなら青春時代、誰もが経験する恋愛物語ということになるのであるが、紘一がすっぱりと割りきれない事情が二人の間にはある。学生時代から数えて、紘一は二回博子に中絶をさせているのだ。一度はつき合い始めてすぐの頃で、途中で避妊具を忘れたことに気づいた紘一がそれでも夢中につき進んだことが原因だ。この時は二人とも真青になり、急に合宿に行くことになったと紘一の両親からまとまった金を送ってもらったものだ。しかし二回めはどうしても原因がわからぬ。一度めの失敗に懲《こ》りて、着装を怠《おこた》ったことがない。それなのに博子の生理が止まってしまったのだ。

「どんなに気をつけても時々あるみたいよ、あれをはずした手で、もう一回触わるのも駄目みたい」

博子は他人ごとのように言い、紘一が用立てた金で病院へ向かった。送っていってやろうかと紘一が言うと、ああいうところは男の人が来るところじゃないからと、博子の方から拒否された。

その頃ＯＬをしていた博子は、化粧っ気のない顔にゆるやかなワンピースを身につけていた。これから子どもを堕《お》ろしに出かけるというのに、まるでマタニティのような紺色のワンピースであった。白衿のところにカットワークがされている。美人の部類に入るはずなのに、博子の服装のセンスはどういうわけかあまりよくなかった。流行のものを着こなすというわけでもなく、そうかといって短大生に多いお嬢さまっぽい格好でもない。どこで買ってきたかと思うような、とろりとした素材のスーツは、博子をまるで中年の女のように見せることもあったほどだ。

とにかくその紺色のワンピースを着た博子が、ゆっくりとアパートのドアを開ける光景を紘一ははっきりと憶《おぼ》えている。女がごねることなく中絶に応じてくれ、ほっとしている若き日の自分の姿がそこにいる。送っていこうか、大丈夫か、ひとりで行けるのか。自分が口にした多くのやさしい言葉は、すべて安堵《あんど》と後ろめたさとがからまりつくり上げたものである。今ならはっきりとわかる。

博子が離婚したことを教えてくれたのは、大学の同級生で今もつき合いがある遠山である。来週のゴルフの集合時間の確認をした後、ふと思い出したようにこう言ったのだ。

「お前、知ってるか。篠田博子が別れたのを」

「そうか、幸せにやってるものと思っていた」

クラブの同窓会に博子は一度も出席したことはないが、結婚して三鷹《みたか》に住んでいることは何とはなしに耳に入ってきていた。

「彼女、幾つだ。オレたちより二つ下だから三十五歳か……」

「ああ、そうだ」

こういう時、男が誰でもするようにとっさに紘一は妻の年齢と比べてしまう。涼子は昔別れた女よりもひとつ年下ということになり、それだけではるかに幸福に感じられるのはなぜだろうか。

「三十五歳で離婚っていうのもしんどいかもな。だけど相変わらず色っぽいらしいぞ。お前、会いたいだろ」

「馬鹿言えよ。大昔の話だよ」

紘一が言うと、遠山もそうだなとあっさり引き退《さ》がった。彼にしてもやはり学生時代、クラブの下級生とつき合っていたのである。

「彼女は子どもがいなかったっていうしな。それが別れる原因じゃないだろうけど、やっぱり何だか気の毒だよな」

お互い職場でかけ合っていることもあり、そこで電話は切れてしまった。気がつくと紘一は左手で受話器を強く押しあてていた。

知らなかった。とうに結婚していたというから、当然博子は母親になっていると思っていた。それが子どもがいなかったというのである。遠山の何気ない言葉は、思いのほか紘一に衝撃を与えた。博子に子どもが出来ないはずはない。かつてはあっさりと二回も妊娠してしまったではないか。もし今となって子どもが出来ないとなれば、それは若い時の中絶が原因なのではないだろうか。二回めの堕胎《だたい》を終え、紘一が待つアパートに帰ってきた博子は、ぽつりと言ったものだ。

「お医者さんがね、あんまりこういうことをすると、将来子どもを産めない体になりますって」

それは若い女に対する脅《おど》しと、あの時の紘一は受けとっていたのであるが、もしかすると本当のことだったのではないだろうか。そうすると、現在の博子の不幸の何割かは自分がつくったことになる。そんなはずはない、考え過ぎだと紘一は受話器からやっと手を離した。医学的なことはよくわからぬが、たかだか二回の中絶ではないか、紘一が時たま手にする男性週刊誌には、五度も六度も子どもを堕ろした若い女の話が載《の》っている。もし影響があったとしても、十四年も前の話だ。とっくに博子の体は立ち直っているはずだ。離婚などというものは、他人など推量出来るはずもないし、もともと夫婦仲が悪くて子どもをつくらなかったかもしれない。それを直接の原因とするのは早計というものであろう。

それにしても、と紘一の胸の中に再び重たいものがよぎる。博子が不幸であることは間違いないのだ。

妻と娘の顔がよぎる。昨年の夏休み家族で出かけたハワイで、娘ははしゃぎ過ぎて熱を出したものだ。今日はどこにも出かけないことにしようと、親子三人で巨大なダブルベッドに寝そべり、しりとりをしたものだ。

いいかい、ハワイに関係あるものだけだと紘一が言い、そんなのむずかし過ぎると娘は口をとがらせた。

パイナップル、ルビイ色の夕陽、ちょっとずるいぞ、陽なたぼっこ、コンドミニアム、ムームー、うまい、うまい……。

自分たちで自分の幸せに酔っていたあの日、娘の髪はやわらかく、南国の陽のにおいをすっかり吸収していた。が、その頃、博子は何をしていたのだろうか。博子と自分との間には確かに二人の子どもが出来た。しかし自分はすっかりそのことを忘れていたのである。しかしその時忘れてもいいではないかと、紘一の中で低くつぶやく声がし、そうだそうだと今度は遠山の声に似たざわめきが聞こえてきた。

こんなこと誰でも経験していることさ。失敗して子どもが出来ちゃったことぐらい、男なら身に憶えがあるさ。ただ口に出して言わないだけなんだ。過去の女のことなんか、いちいち振り返っていられるはずはないだろう。お前はいったい何を考えているんだよ。

最後の声は紘一自身となって責めたててくる。

記憶というのはどうにも厄介《やっかい》なものだ。蚊のように追い払おうとすればするほど、うるさくつきまとってくるようである。これは本当に意外なことであった。紘一は、今まで自分が純粋であるとか潔癖な人間であるとか思ってみたこともない。三十七歳の男として、十分過ぎるほどの狡《ずる》さと小心さを身につけた人間、それが自分だ。おかげで同期の中でも昇進は早い方であったし、千葉に近いとはいえ二十三区内にマンションも持てた。

周囲の者に勘づかれるような不倫こそしたことはないが、出張先のちょっとした遊びごとなど何回かある。辞める直前のアルバイトの女の子と、どういうはずみか四度ほど関係を持ったことさえあった。自分ではまだ青年の方に分類されると信じているが、腹のあたりに確実に中年の兆候は現れている。こんな自分がどうして、昔の女のことを、これほどまでにせつなく考えるのであろうか。もしかすると自分が相手の運命を変えたのかもしれない。いくら打ち消そうとしても、この大きな疑問が紘一の胸の際まで押し寄せ、その波は日増しに高くなるばかりだ。

よく考えてみると、いや、よく考えてみなくても若い頃から自分は計算高く、傲慢《ごうまん》なところがあった。クラブの幹部になれないことを、ずうっと博子のせいだと思っていたが、実は自分自身に問題があったのだ。二十歳そこそこで、人生のソロバンをはじいているようなところを仲間は見抜いていたに違いない。博子のことにしてもそうだ。初めて抱いた時から、この女は結婚する相手ではなく、遊びだけにしようと多分自分は決めていたのだろう。だからこそ多くのことを打ち明けられた時億劫《おっくう》な気持ちになった。これっぽっちも彼女の哀しみやせつなさを分かち合おうとは考えなかった……。気がつくと紘一は、なんと悔いるということをしているのである。そんなことは六十、七十の老人がすることだと思っていた。しかし紘一は今、十四年前の自分を嫌悪している。ストレートのジーンズをはいたあの時の自分を、殴《なぐ》ってみたいとさえ思う。これが悔いということでなくて何だろうか。

半月後、紘一は遠山に電話をかけた。博子の連絡先を知りたいと告げたのだ。

「今さら会ってどうするんだよ」

案の定、揶揄《やゆ》混じりの声が返ってきた。

「昔の女が別れたって聞いて、まさかもう一回やらせてもらおうって考えてるんじゃないだろうな」

「まさか。ただちょっと会って話したいだけなんだ」

寝た女の数まで自慢し合った仲だが、遠山には博子の中絶のことを話したことはない。

「別れたんだったら、ちょっと慰めてやりたいじゃないか」

「よせよせ、そういうロマンティシズム。あのな、男っていうのは四十を目の前にすると、急におかしなことを言い出す奴がいるが、まさかお前、そのテじゃないだろうな」

「どういうことだ」

「つまりな、自分は何のために生きてきたのか、このまま人生をおくっていいんだろうかって、急にしちめんどうくさいことを考え始めるんだな。重症になると、会社を辞めたり、つまんない女にひっかかったりする。まあ、四十を過ぎると憑《つ》き物がおちたように、元に戻るらしいがな」

「オレのはそんな殊勝なんじゃないよ」

ただ自分の子どもを堕ろした女が哀れなだけだ。紘一はこう解説しようとしたが、もちろん出来るわけがなかった。

そしてさんざんもったいぶった揚句、四日後、遠山は博子の電話番号を知らせてくれた。同期の部員の中に、博子と年賀状を交《かわ》している者がいるが、その女性からの情報だという。

「今年の年賀状に、『苗字が変わりました』と書いてあったんで、ピンと来たって言うんだ。じゃ、言うぞ。今は横浜の方に住んでいるらしい」

会社のメモ用紙に書かれたそれを、紘一は財布の中にしまい、さんざんいじくりまわした後で、やっと番号を押す勇気が出た。妻の涼子はこのところ、同級生に会うといって外に出ていくことが多い。なんでも学生時代の親友が、夫の赴任先から帰国したので、いろいろめんどうをみているのだという。娘はさっさと塾へ出かけてしまった。テレビの音を低くして、ソファに座る。ひとつひとつ番号を確かめながら、几帳《きちょう》面《めん》にひとさし指で押した。

「もしもし」

間違いない、博子の声であった。十四年前の声に、ほんの少し老いというヴェールをかけてやる。するとこんな声になるはずだった。

「もしもし篠田さんのおたくですか」

女が用心する時に発する声を聞きたくなかった。だからひと息に言う。

「僕ですよ、倉田紘一です」

「あっ、倉田さん」

女は懐かしげに声を高めたが、それは倉田に不満を残す。もっと複雑な感情の織りなす第一声を聞きたかったのである。

「遠山から久しぶりに君の噂を聞いてね、それでどうしてるかって思ったんだ」

「ふふっ、私が離婚したっていう噂、聞いたんでしょう」

その笑い声は自嘲とも皮肉ともいうもので、昔の博子には出来なかったことである。紘一はなぜかわからぬが不安にかられる。とにかく言いたいことを大急ぎで口にした方がいい。そんな気分だ。

「とにかく一度会わないか。会って話したいことがあるんだ」

「会ってどうするのかしら。何を話すの」

博子はまた低く笑い、紘一は彼女の声を変えたものが年月だけでないことを知る。

「君にはどうしても会って話したいことがあるんだよ」

「だったら今言ってよ。どうせ奥さんや子どもが居ない時間にかけてきてるんでしょう。だったら同じことじゃないの」

「だから、ちゃんと会って話さなきゃならないことなんだ」

「私と倉田さんとの間で、会って話さなきゃならないことなんて何もないわよ」

別れる時、博子は「紘一」という言い方を「倉田さん」に変え、それにさまざまな思いを込めたものだ。しかし今は本当に通りすがりの男に対する呼びかけと何の変わりもない。倉田はそのことにとても苛立《いらだ》つ。

「僕は君に謝らなきゃならないことがある」

はずみのように声が出た。

「君にひどいことをしたと思う。今さらながら自分が情けないと思うよ」

「それって、子どものこと……」

博子が二人だけの暗号をあっさりと口にするので、紘一は拍子抜けしてしまった。

「そうだよ……。それがもし君の人生に影響してるんだったら……」

「してやしないわよ」

博子の笑いに、今度は侮蔑《ぶべつ》というものが込められている。

「そんなアホらしいことを今さら言わないで頂戴よ。そう、あなたを安心させてあげる。二回めの子どもは、あなたの子どもじゃないわ。あなた、別れるのがもうミエミエだったから、そういうことにしたまでよ。気にしないでいいわ」

じゃ、もうこれで用はないわねと言って電話は切られた。紘一はテレビのボリュームを上げる。胸が痛くなるような悔いを救うのにはそれしかなかった。女を捨てたことよりも、女を甘く思い出したことを、彼ははるかに深く後悔していた。

花を枯らす

昔の恋人からの電話は、甘さや懐かしさよりも倦怠感を篠田博子にもたらした。

「やれやれ……」

小さなため息をつく。男というのは、どうしてこれほど自惚《うぬぼ》れが強いのであろうか。いつまでも相手の心の中に、自分が大きく巣くっていると信じているのである。けれどもたいていの場合、女が逃れられないのは現在の男と、せいぜいがその前の男ぐらいのものだ。十数年前の男など、どうして憶えているだろうか。初体験の相手だったからといって、男の記憶がことさら特別な色彩を持っているわけではなかった。女が憶えているのは、肉体的な苦痛や、幼なかった自分の汗くさい恐怖といったものである。その中には、ふふっと薄ら笑いをもらしたくなるような含羞《がんしゅう》も含まれている。自分に関する記憶は鮮明なのにのしかかってきた男の顔は、ひどくぼんやりとしているのだ。

機が熟し、愛し合っている二人がぽたりと果実を落とすような初体験というのは、どのくらいの数にあがるのだろうか。そう数は多くないに違いない。たいていは若い男の性欲と、こちらの好奇心とが混ざり合い、からみ合い、やがて女が屈していくというケースがほとんどであろう。

だからその時の男の顔というのは、クレヨン画で描かれたポンチ絵のようになり、いつしか薄れていくのだ。

少なくとも博子にとって、紘一というのはその程度の男である。初めて体を重ねた頃は、博子もそれなりに心を熱くしていた。これが恋なのだと歌うような感じで、自分に言い聞かせたことも何度もある。けれどもすぐに、紘一の本性は知れてきた。まるでデパートのショウウインドウに飾ってあるハンドバッグのような野心を持っている男だったからだ。

デパートのああいうところに飾られるものは、万人に好まれるわかりやすさを持つ。ゆえに持つのは大層恥ずかしい、といった類《たぐい》のものだ。それなのに紘一は臆面もなく、そうしたバッグを持つ人間になりたいと宣言したものである。

「僕はさ、こういう人生を歩きたいっていうビジョンがあるんだ。俗物っていわれたって構わないさ。だってさ、最大公約数の人が欲しがるものだからさ、手に入れる価値があるんじゃないかなあ」

博子は、そのビジョンからはみ出してしまったということらしい。

ともあれ、今冷静になって考えてみると、最初の男であった紘一が、いちばんまともで向上心に富んでいたということになる。彼が言うとおり「俗物と言われようとも」という規準に関する限りはそうだ。

別れた夫の前につき合っていた男は、ちゃんとした会社に勤めていながら始末に負えないギャンブル狂で、最後は博子の金まであてにするほどであった。その後で、博子の男運は多少上がったということになるらしい。別れた夫、今井は博子よりも八歳年が上で、小さな設計会社に勤めていた。博子は短大を出ているが、今井は高卒である。普通であったら、身内から反対のひとつもありそうな結婚であるが、久しぶりに会った母親は、

「博子には、ああいう実のある人がいいんだよ」

と何度も頷《うなず》いたものである。それは三十近くなっても、ふわふわと漂っているような娘の男性遍歴について、実は、長いこと案じていたらしいのだ。その心の中には、もしかすると娘は、自分と同じような人生を歩むのではないかという危惧《きぐ》が含まれていたらしい。

家族と親族だけのささやかな披露宴に出席した時、母親の通子《みちこ》は四番めの再婚相手

と一緒だった。今までは年の釣り合う男であったのに、その時に限ってかなり年下の男で、真向かいのテーブルに座っていた姑《しゅうとめ》が、露骨に嫌な顔をしていたのを博子は憶えている。
「お袋は言ったもんさ」
五年間の結婚生活が、はっきりとした破綻《はたん》の形を見せ始めた頃、夫はしきりに母親
の言葉を引用するようになった。
「母親の血は、そっくり娘に遺伝するから気をつけろってな」
博子は黙って聞いている。
夫の後輩で、独身の男がいた。最初は夫が誘ったのがきっかけで、夕飯を食べに来
るようになった。博子はことさら親切にしたつもりはないのであるが、若い男はすっ
かり上司の妻にのぼせあがった。ある時、夫の留守に博子の唇を奪ったが、そのこと
が彼の思いに火をつけたようなのである。
「奥さんを僕に譲って欲しい」
などということを酒席で口走り、小さな会社中の噂《うわさ》になった。別れる二年ほど前の
ことだ。
「オレはお前を随分庇《かば》ってきたつもりだ。お袋はよく言ってたよ。博子は男性経験が

いっぱいあり過ぎるから、それで子どもが出来ないんだろうって。オレはそんなことはないって、何度も言ってやったんだが……」

最後は、夫はそんなことまでねちねちと口にしたものである。

「お前は、男好きのする女だから、気をつけなくてはいけない」

中学一年生の時、博子は久しぶりに実父と会った。七つの時に別れた父親は、仕事を求めて故郷の沖縄に帰ることになった。その前にもう一度博子に会いたいと言うのだ。

博子はよくわからぬが、親同士の話し合いで、一年か二年にいっぺん、父と娘は会うことになっていた。豊島園《としまえん》の入り口まで母親が送っていって、何時間かたつと迎えに来る。博子があまり喋《しゃべ》らないのは、どうも父親譲りだったようだ。無口な父子は、ぼんやりとそこらを歩いたり、観覧車に乗ったりした。博子が小学校の高学年になると、行き場所はデパートになり、父はそう高くはないこまごましたものを、博子に買い与えたものだ。

小さなテディベアを買ってもらったのは小学校六年生の時であった。そして次の年、博子がねだったものは、花柄の小さな化粧ポーチであった。中学校では、甘い香りのするリップクリームを塗るのが流行《はや》っていた。それやティッシュを入れるためのものである。

小学校六年生と中学一年生では、少女の体はまるで違う。初潮は六年生の時に始まったが、きちんきちんと来るようになったのは、中学一年生の時である。

ポーチの包みを受け取り、伊勢丹の地下へ降りようとする時に、不意に父親は言ったのである。

「お前は男好きがするから、気をつけなくてはいけない」

あたりの喧騒《けんそう》が急に遠のいたのがわかった。父親の目は、博子の膨《ふく》らみかけた乳房ではなく、まっすぐ顔に注がれていたが、博子は今はいている、小遣いをためて買った苺《いちご》模様のショーツまで射抜かれているように感じた。嫌悪より先に恐怖が来た。なぜならば、父は霊感師のように低く抑揚のない声でささやいたからである。

「お前は男好きがするから、気をつけなくてはいけない」

父親はもう一度言った。

もしかすると父親は、本当に霊能力者だったかもしれない。なぜなら博子はやがて、本当にそのとおりになったからである。

陽が落ちかけている薄闇の中で、博子は目を覚ました。昼寝ともいえないほどの長い自堕落な眠りであった。喉《のど》がひどく渇いている。博子はアパートの玄関脇にあるキッチンへ行き、蛇口をひねった。強いカルキのにおいがした。博子はこの水を飲むたびに、ひとりで暮らしていることを実感した。神経質だった夫は、家の水道にイオン水製造器を取り付けていたからである。それほどの違いがあると当時は思わなかったのであるが、引越して別の土地の水を飲むようになってからはっきりとわかった。あの水はこんな嫌なにおいがしなかったものだ。

「お前はすべてに鈍感な女なんだ。オレが長いことどんなにいらついてきたか、全く気づいていないだろう。神経がどうかしているんじゃないか」

そんな夫の言葉が不意に浮かんできた。それならば毎日、カルキの水とイオン水を嗅《か》ぎ分けられる生活を夫はよしとしたのであろうか。

博子は飲みかけた水を流しにこぼす。水の替わりにビールを飲んでもいいのではないかと思った。酒は嫌いではなかったが、昼間から飲むようになったのは、この半月ほどのことだ。たいした量ではない。せいぜいが中程度の缶ビール一本ぐらいである。

しかし昼の酒は酔いが早く、このくらいの酒でも博子は充分にうるんだような気分になってくる。酒を飲んで明るくなる人間と暗くなる人間とがいるが、博子はちょうど中間といったところであろうか。もうじききっといいことが起こるであろうという楽天的な気分と、もうどうにでもなれという捨て鉢な気分とが、二重のゼリーのようになってぷるぷると震えている。

「ああ、すべてがめんどうくさい、嫌になる」

自分自身に聞こえるほどはっきりとつぶやいた後で、こういう風にもいった。

「でもきっと何とかなる。こんな風なことも今のうちだけなんだもの」

離婚が決まった後、新聞の求人欄を見ては毎日面接に出かけた。といっても、そろそろ中年の兆《きざ》しが見え始める、何の特技も持たない女に、いい職場があろうはずもない。やっと見つけたところは、下着の通信販売の代理店であった。セールスではなく、伝票の整理など内勤であるのも博子の意にかなっていた。

どんなに職が無くても、セールスだけはすまいと決めていたのである。知らない家に入っていって、あれこれ喋りまくるのは恐怖さえ感じる。幼ない時から博子は、他人と言葉をかわすのがどうも苦手だった。特に女は、言葉の端々からこちらの意図しないことまで嗅ぎとり、それを組み立て過大解釈し、大きなストーリイをつくり上げてしまう。女友だちとの長電話、といった訓練をしてこなかった博子にとって、初対面の女とブラジャーやパンティのことについて喋れというのは不可能であった。

が、世の中にはそうしたことを楽し気にやり遂げる女が何と多いことであろうか。それどころか、自分は世の中から喜ばれ、感謝されているのだと半ば本気で口にする者さえいる。博子はこうした女たちに圧倒され、物陰に寄るようにして仕事をこなしたものだ。

そんな博子を、所長の日下部《くさかべ》は何かといたわってくれ、試験採用の期間が終わったら、きっと正社員にすると約束してくれたものだ。内勤の女たちは他に何人かいたが、博子だけを昼食に誘ってくれたこともある。自分と日下部とのことが、噂になっていると気づき始めたのは、勤め始めて二ヵ月もしない頃だ。

その日の売り上げ伝票を持ってくるセールスの女たちが、聞こえよがしの冗談を口にしていた。

「あのさ、男っていうのは出戻りとか、後家さんとかに弱いからね」

「フェロモンが違うのよ、フェロモンがさ。私ら普通の女とさア」

自分が女ばかりの職場に入り込んだことを、博子はどれほど後悔したことだろう。昔からそうだった。自分は同性に好かれたことがない。

そう目立つ美人でもなく、体つきももっさりしている女のどこに、男を強く魅《ひ》きつける力があるのか彼女たちは理解出来ないようなのだ。あたり前だ、博子本人さえよくわからないのだから。

父親に、

「男好きがするから、気をつけなくてはいけない」

と言われた次の年、博子は初めてのキスを体験した。相手は三十過ぎの妻子ある体育教師だった。放課後の体育館の片隅で、突然抱きすくめられて唇を強く吸われた。

「もう、たまんないよ。本当に可愛いんだから……」

その夜、泣きながら歯を磨き、唇をタオルでこすった。あまりにも力を入れたので、下唇に血が滲《にじ》んだほどだ。父親がおごそかに口にした、

「男好きがする」

というのは、これほどの薄気味の悪さと屈辱《くつじょく》を自分に与えることだったのか。博子はそれ以来、かなり用心深く思春期をやり過ごそうとした。他の少女たちのように眉を抜いたり、髪の艶《つや》を出すために毎日三十分間ブラッシングをするということもあえて避けた。

それはかなり成功し、少女時代の博子はおしゃれに縁遠く、野暮《やぼ》ったいという形容詞までつけられていたものだ。それなのに男の子たちは、決して博子をほっておいて

はくれなかった。帰りに待ち伏せされ、つき合ってくれないかという幼ない告白は何度も受けた。どこでどう調べるのか、自宅の電話にかけてくることもある。

男の子たちが博子に近づくにつれて、少女たちは博子から遠離《とおざか》っていった。彼女たちにとって博子は大きな謎で、それを解き明かすことが出来ないために、次第に苛立《いらだ》ってくるようなのである。

そして彼女たちの出した結論は、

「やらせている」

というはなはだ下品で単純なものであった。博子はたやすく体を与える。誰にでもすぐキスをさせるらしい。だから男たちは、あのように博子に魅かれていくのだ。少女たちは博子を嫌悪することにより、やっと自分たちを納得させようとした。

実際、そうした噂に頑《かたく》なになった博子が、初体験を済ませるのは十八歳と遅い。しかし、あの時の少女たちはそんなことを全く信じようとしないはずだ。

「あの人って、男の人とモーテルに入ってくところ、もう何回も見られてるんだよ」

そうささやく時、女は険《けわ》しい目をしながら唇をゆるめる。それは十六歳の少女だろうと、四十のセールスウーマンであろうと変わりなかった。

結局、博子はさまざまな中傷や嫌がらせに負けて、職場を去ることになった。日下部は気の毒がって、関連の会社に代われるよう骨折ってくれたのであるが、それもすべて裏目に出た。所長がひとりの女性と関係を持ち、そのために会社中の規律が乱れているといった投書が、経営者のところまで届いたのである。

博子が辞表を出した夜、日下部が「お疲れ会」と称し、高級なステーキハウスに連れていってくれた。慣れないワインに酔い、言葉少なになった博子を、日下部はホテルに誘った。

「もしかすると、あのおばさんたちは鋭かったかもしれないなあ……」

博子のポリエステルのブラウスを、するりと脱がしながら彼は言った。

「君への気持ち、僕よりも先に気づいていたんだものな」

手練《てだ》れた中年男に導かれ、博子はベッドに横たわる。その種のホテルであったから、真横の壁は一面鏡で、博子は自分の白い脛《はぎ》が、薄闇の中、高々と上げられたのを見た。三十五歳の博子の体は、いたるところやわらかいぜい肉がついている。博子が歩くと、一緒にかすかに揺れる肉だ。しかしそれは、男をことのほか喜ばせた。

「なんていい体なんだ」

それがまんざら儀礼上の言葉でない証拠に、日下部は激しく突いてくる。四十半ばの彼は、若い男よりもはるかに熱く、こらえ性のない欲望を持っているかのようであった。

博子はそれに応《こた》えようとしながらも、鏡に映る男の尻を眺めていた。こんなものを見るのは初めてだ。その最中、男の尻がこれほど滑稽《こっけい》に上下するのは知らなかった。そして博子は思う。

夫と別れてそう日にちがたっていないというのに、どうして自分はこんなことを知ってしまうのだろうか。

たいしたことは出来ないが、毎月小遣い程度のものは渡せる。だからたまに会ってくれないかという日下部の誘いがあり、博子は承諾した。承諾したというよりも、断わらなかったという表現が正確だろう。日下部は優しかったし、あの鏡の中の、褐色《かっしょく》の吹き出ものがいくつか浮いた尻を思い出すたびに、博子は笑い出したいような気分になったからだ。

日下部は確かに悪い男ではなかったが、やや図々しく大雑把《おおざっぱ》な性格で、何よりも金が無かった。彼から博子に渡された金は、文字どおり小遣い銭で、部屋代にも満たなかった。それなのに彼は、ほとんど毎日のように、この〝妾宅〟に通って来るようになったのである。

彼はあまりにもうきうきとしていたのであろう。三ヵ月もしないうちに、彼の妻が乗り込んできた。おそらくあの営業所の誰かが告げ口したのだ。想像していたよりもずっとましな容姿をしている日下部の妻は、口のきき様もそう悪くなかった。

「主人がいつもお世話になっているそうで、申しわけございませんでした」

年は三十代後半だろうが、ショートカットの髪が若々しく手入れされている。これならば男は、こちらの方を選ぶのではないかと博子はぼんやりと思った。

「でもね、もうお世話していただく必要はございませんから、どうぞご心配なく。あなたってそういう性癖がおありみたいですけれども、他《よそ》の夫にどうぞお構いなく」

セイヘキという言葉は、博子にとって新鮮であった。自分は世の中の人々からそういう風に思われているのか。セイヘキというのは、生まれつき身についているものらしい。それならば自分に起こったさまざまなことは、このセイヘキのせいなのだ。いくら努力しても変えることが出来ないもの、それがセイヘキらしい。

博子の沈黙を、妻は不気味に感じたらしい。今度はやや嘆願調になった。

「お願いしますから、どうか主人に近づかないでくださいね。うちは子どももいる、ちゃんとした家庭なんですから」

もちろんですよ、と博子は答える。

「ご主人に、もう来ないようにおっしゃってください。私ももう絶対に入れません」

日下部は一度だけ部屋にやってきて、博子が中に入れないとわかると、外の公衆電話からくどくどと話を始めた。しかし博子は何の反応も起こさない。昔から博子は、電話での会話が苦手である。どれほど口説《くど》かれようと、どれほど懇願されようとも、機械を通して伝わってくる声に、応《こた》えようとは思わなかった。

「全く情のきつい女だなあ……」

最後に日下部はそう言って受話器を置いた。おそらくもう何日かしたらまた電話をかけてくるつもりらしいが、それが効き目のないことに彼は気づいてはいないのである。


その電話は四日前のことで、それ以来、博子は誰とも口をきいてはいない。食料品を買いに二度ほど近くのミニスーパーへ出かけたが、ここの女はおそろしくぶっきら棒で、釣りを投げつけるように受け皿の中に置くだけだ。

五日めの夜、博子は初めて日下部のことを恋しいと思った。それが本当の愛情からか、それとも単に人恋しさから来るものなのか博子にはわからない。博子は本を読む習慣を持たなかったから専《もっぱ》らテレビを見る。画面では若いタレントが愚にもつかぬこ

とを喋り合っている。こうした中から誰かひとりを指さし、

「この人、もうあんまり面白くなくなったね」

などと博子が言い、それについて誰かが答える。もうそんな相手はいないのかと考えると、次第に息苦しくなってくる。呼吸をするたびに、胸が重く固いもので塞《ふさ》がれていくような気がする。これは不安というものだと博子が気づくのに時間はかからなかった。それはこれからひとりで生きていくことの不安ではない。今、死んでしまったら誰が発見してくれるのだろうかというような唐突な不安なのである。

博子はすっかり癖となった缶ビールを飲む。そしてドアを眺めた。が、やはり今日もここをノックする男はいないらしい。

博子は立ち上がってコートを着た。どこに行くというあてもなかったのであるが、アルコールの回り始めた体は、ドアを開けてどこかへ出かけようとしきりに博子を誘う。

アパートの階段をおり、しばらく行くとタクシーが拾える広い通りに出る。そう待たずに運よく空車のタクシーが近づいてきた。

「どこまでですか」

運転手に尋《たず》ねられたとたん、博子は反射的に盛り場の名を告げた。以前、日下部が

連れていってくれた鮨屋《すしや》があるところだ。もしかすると彼はそこにいるかもしれない。日下部と別れた後、博子は重要なことに気づいた。彼の自宅の場所も電話番号も知らないのだ。そんなことを聞かなくても、日下部はいつも博子をふんだんに満たし、いつも嵩高《かさだか》かった。だから今の博子は、日下部に連絡することも出来ない。会社に電話をすれば、たとえ仮名を使っても、あの鋭い女たちに気づかれないはずはなかった。

運転手は大きな四ツ角にある銀行の前で、博子を落としてくれた。確か鮨屋に行く時、日下部もこの銀行を目印にしていたはずだ。この大通りを歩き、果物屋の角を曲がったように記憶している。

ところがどうだろう、夜の九時を過ぎた商店の多くはシャッターがおりて、街の表側はのっぺら坊になっていた。それにひきかえ、裏通りの方は濃いあかりと、いっそうかん高い人々の喧噪が漂っている。鮨屋はこの一角にあったかと博子は見当をつける。角を曲がり、間違えたとまたひとつ角を曲がったが、目ざす鮨屋の看板はなかなか見つからない。

「どうしたんですか」

振り向くとトレンチコートを着た男が立っていた。四十をいくつか過ぎたかというところであろうか、きちんとした身なりが、博子の警戒心をゆるめた。

「どこか店を探しているんですか」

男は馬面《うまづら》といっていいほど顔が長いが、その分思慮が深そうに見える。それよりも博子が魅かれたのは男の声だ。低くて情があり、声楽の勉強をした人のようだった。

「あの……」

博子は男の顔を見つめる。こんな風にきちんと男の目を見て話すのは、日下部以来だった。

「このあたりに『清鮨《きよずし》』というお店を知りませんか。清い鮨って書いて、清鮨なんですけれども」

「さあ、わからないなあ」

男はしんからすまなそうに首を横に振った。

「清鮨というのはわからないけれども、それよりももっとおいしい鮨屋は知っていますよ。よかったらそこへ行きませんか」

男の親切を断わるのはすまない気がしたし、博子は実際空腹だった。博子は男の後を従《つ》いて路地を歩いた。男が連れていってくれたところは、清鮨よりも安っぽいつくりの店であった。ウインドウに見本の桶《おけ》や皿が並べられている。男はカウンターに座らず、テーブルに席を取った。どうやら馴《な》じみの店ではなく、たまたま目に止まったところらしい。男は上鮨を二人前とビールを注文した。煙草《たばこ》に火をつける。最近ではめったに見かけない古くさい銘柄だった。

「誰かと待ち合わせしてたの」

不意に男は問うてきた。

「待ち合わせって……？」

「だから、その何とか鮨っていうところで、誰かが待っていたんじゃないの」

「いいえ、そんなことはありませんけど」

「ふう……ん」

男はビールのコップを、音をたてて置いた。縦に深く筋の入った爪だった。

「あんた、奥さんなの」

「いいえ、そうじゃありません」

「じゃ、どっかに勤めてるんだ」

「そうじゃありません」

博子はさっきから同じような否定を繰り返している。

じゃ、行こうかと男は立ち上がった。今食べたイカの繊維《せんい》が歯にはさまっているのが、博子はとても気になる。執拗《しつよう》なそれを、舌で動かしながら男の後を歩いた。

男は紫色のネオンの前で止まる。

「いいんだろ」

そのネオンの点《つ》いている場所がどういうところか、もちろん博子は知っている。が、男のレインコートは質がよさそうだったし、食べた鮨はイカを除けばなかなか美味《うま》かった。

「そう悪い人じゃないかもしれない」

それだけで逃げない理由になると思った。

男に背を押されて、博子は中へ入る。白っぽい蛍光灯に照らされた廊下のすぐ横に、長過ぎる暖簾《のれん》で顔半分しか見えない女が座っている。その横のパネルを眺めながら男は言った。

「ウィーンの間、休憩で」

顔が半分しか見えない分、女はうんと愛想よくしようとつとめているようだ。

「はい、どうぞ。三階ですよ」

暖簾と同じように鍵もとても大きかった。ドアを開ける時もぎこぎこと音をたてる。

紫色のシーツがかかった大きな回転ベッドがまず目に入ってきた。男はまずビデオのスイッチを入れ、それを眺めながら几帳面なしぐさで洋服を脱いでいく。

「あんたも一緒に入る」

博子は首を横に振った。別れた夫とも日下部ともそういうことをしたことがない。一緒に風呂へ入るのはあまり好きではないのだ。

男はざっとシャワーを浴び、腰にタオルを巻いて出てきた。後ろ向きになり、まだ湯気の立つ体をごしごしとタオルで拭《ふ》き始める。尻がむき出しになった。男の尻は驚くほど白いものだが、彼もそうだった。割れ目から毛が伸びているのがわかる。博子は日下部の上下に激しく動いた尻を思い出す。今、名前さえ知らない男の尻を見ている自分がとても不思議だと思った。

博子がシャワーを浴びるのを待ちかねたように、男は体を重ねてくる。最初は浅く博子の中に入ってきたが、内部の事情を確かめると角度を変えてきた。

博子は別れた夫や日下部のそれと、男の性器とがどう違っているのか襞《ひだ》全体で知ろうとする。とても違っているような気がするし、同じような気もする。ともかく男も自分も達したのは事実であった。

とてもよかったと男は言ったが、また会いたいという言葉はついに聞かれなかった。男と別れた後で、博子は駅近くの立ち飲みコーヒーの店に入った。財布を出そうとしてハンドバッグを開けた。いつのまに入れたのだろう、二枚の一万円札が無造作に折られていた。

怒りよりも静かな驚きが、博子の中に拡がる。自分は娼婦に間違えられたのだ。いや、娼婦になったのだ。

博子はその紙幣に触れる。もしそれに嫌悪を持つことがあれば、自分はまだ墜《お》ちずにすむだろう。が、何も感じない。心の中で「やっぱり」と小さな声がした。

母の曲

そう若くない娼婦を買った次の日の朝、冷たい雨が降った。

川原宗一《かわはらそういち》は、寝室の窓から細く光る雨を見ていた。まるで風邪《かぜ》をひいた時のように体がだるい。ずる休みを企《たくら》む小学生のように、川原は背を丸く曲げ、時が過ぎるのを待った。心というのは、これほど重さがはっきりとわかるものだろうか。心というのも臓器の一種に違いないと彼は思う。澱《おり》のようにさまざまなものが貯まると、はっきりと重みを持つのだ。

ゴホンゴホンと小さな咳《せき》をした。こうすると風邪という、明確で正当性のある理由が生まれるとでもいうように、無理やり喉《のど》の奥で音をたてる。けれどもそれは無駄なことであった。心の重さを単純な疾病《しっぺい》とすり替えようとしても出来るわけがない。

朝起きるのがつらいという経験は、もちろん何度かある。大学受験を失敗した十八歳の時、そして間違いないとさんざん言われた課長昇進を、同期の男に持っていかれた三十八歳の時がそうだ。

今こうしているように、パジャマのままでうずくまり、自分の中の鬱屈《うっくつ》を反すうしたものである。が、あの時はかすかな甘さが残っていたといってもいい。希望というものにやがて場所を譲ってやってもいいかなと考えるゆるやかさがあった。おそらく一年後に大学は合格するだろう、いつか課長になれるだろうという思いは時間を追うごとに芽ばえ育ち、それはそのとおりになった。

しかし永遠に消えてしまったものに対して、人間はどのように立ち向かっていけばよいのであろうか。

二ヵ月前に母が死んだ。その哀しみはやがて忙しさとか、日常のリズムによって癒《いや》されていくはずであった。ところが川原の中で、母親の死という事実は日増しに膨《ふく》れ上がり、彼をもはや圧迫するほどのものになっているのだ。とにかく母が恋しい。せつないほど恋しいのである。

この頃川原は、子どもの頃住んでいた高円寺の家をよく思い出す。八年前に死んだ彼の父は、中学校の教師であったから決して贅沢《ぜいたく》な家に住んでいたわけではない。板塀がとり囲む平屋の家だ。風呂の煙突がやけに目立つ家であった。狭い庭だったが花壇があり、いつも何かしら季節の花が咲いていたものだ。その前にシャベルを持ち、かがんでいる母がいる。その母はとても若く美しい。当時流行《はや》っていたのだろうか、きつめにパーマをかけ、白い開襟《かいきん》のブラウスを着ている。よく笑う母であった。ころころと少女のような笑い声をたてた。

思い出の中に出てくる母は、なぜかいつも夏の季節の中にいる。白いブラウスを着、半袖から腕が見えている。その母にまとわりつく二人の子どももはっきりと見える。幼ない川原と二つ違いの妹だ。川原は坊ちゃん刈りで半ズボンをはいている。妹は花模様のワンピースだ。あの頃子どもの着るものというのは、たいてい母親の手づくりであった。花を育てるのと同じぐらい母は洋裁が得意で、妹の着ているものは近所のどの子どもよりも可愛かったはずである。

窓から父が何か呼びかける声がする。父親が着ているのは白いランニングだ。父はとても痩《や》せていて、ランニングの上から肋骨《ろっこつ》が透《す》けて見えるほどだ。若い頃に肺を患《わずら》ったことがあると聞いたことがある。一見神経質そうに見える父であったが、子煩悩でひょうきんなところがあった。

父が窓から何か話しかけ、それが面白かったのだろう、母がまた笑い始める。白いブラウスを着た母に笑顔はとても似合う。

それと死の床で横たわる母の姿とがいつしか重なっていく。母は七十歳までには少し間があった。けれども入れ歯をはずし、目を閉じた母は、人間には見えなかったものだ。顔中が弛《たる》んでいて、五ミリごとに深い皺《しわ》が刻まれていた。もしその皺を丁寧に拡げてみたら、襞《ひだ》の間から悪臭が漂ってきそうなほど母は老いていた。

母がもはや幸せでないことに川原は気づいていた。

老いていくこと自体が不幸なことなのだ。自分の母だけは特別の存在だと思っていたが、やはり白いブラウスを着て、笑いころげていることは出来ないのだ。

川原はそのことがとてもつらい。そしてそのつらさは自分にもまっすぐ繋《つな》がっていくのである。人間はいつか老いていき、そして次第に不幸になっていくものだ。この真理を川原は知っていたような気もするし、知らなかったような気もする。あるいは知らないふりをしていたのかもしれない。しかし今の川原は知ってしまったのである。母の死は深い悲しみばかりでなく、人間の存在にかかわるような深い苦さも川原に与えた。彼は突然ボールを持たされたドッジボールの子どものように、その重さにどぎまぎしているのである。

「パパーっ、パパったら」

寝室のドアが開き、妻の葉子《ようこ》が顔を出した。エプロンはいつもつけていないから、セーターの乳房の下でぽっこりと贅肉《ぜいにく》が盛り上がっているのがわかる。

「さっきから起こしてるのに気づかないの。どうしたのよオ、目覚まし時計、ちゃん

しちゃっているんだから。昨夜だって、酔っぱらって帰ってきたんでしょ」

「ちょっと怠《なま》け者なんじゃないのオ、いくら寒くなってきたからってさ、だらだら
葉子はドアの間から顔をつき出す。

「どうでもいいけどさ」

「まだ誰も来てないと思うから。もうちょっとしたらオレから電話するよ」

「会社は大丈夫なの」

「昨夜遅かったから、もうちょっと寝坊する……」

寝返りもうたずに川原は言った。

「今日はちょっと遅く行くわ……」

と鳴ってたわよ」


階段を降りていく妻の足音を聞きながら、川原は少し喋り過ぎたと後悔した。彼は男にしては多弁のところがあり、それが妻につけ入られやすい原因となっている。女というのは反応があって多弁な男には、さんざん阿漕《あこぎ》なことをするものだ。葉子は川原がちょっと言いわけめいたことを口にしようものなら、その言葉のリズムに反応してぽんぽんと返事が返ってくるような女だ。

しかし今の川原がいつものように言葉を重ねてしまうのには理由がある。ひとつは

四十四歳の自分が、母親の死にこれほどの衝撃を受けていることを妻に知られたくないのだ。まさかマザコンなどといって軽蔑することもないであろうが、二人しんみりと母親の思い出話にふけるということも絶対に起こりそうもなかった。

川原は葬式の夜の、妻の鼾《いびき》をどうしても忘れることが出来ない。普段めったに鼾などかいたことのない妻が、その夜はずっと〝カ行〟を発音するような声をたてていた。おそらく通夜からの疲れがたまっていたのであろうが、川原にとってあの時ほど妻もまた他人であるという事実を感じたことはなかった。

川原は泣かないまでも悶々《もんもん》として全く眠ることが出来なかったというのに、傍で妻は鼾をかくほど自堕落《じだらく》な眠りをむさぼっているのである。それどころか、葉子はちらりとも涙を見せなかった。

「そのうちに、お姑《かあ》さんが死んだっていう実感じわじわとわいてくるでしょうね。そうしたらつらいわよねえ」

親戚中会うごとに葉子はそんな気持ちを披露していたが、ついに葉子が涙を見せることはなかった。

どれほど尽くしても、死んだ人間に対して残された者たちは悔いが残る、ああしてやればよかった、こうもしてやりたかったと、歯ぎしりしたいような気分になるというが、その悔いこそが何よりの供養になるのだ……。

　そんなことを葬儀の最中、わけ知り顔の老人が言ったものであるが、その悔いというものが、自分をこれほど苦しめようとは川原は想像したこともなかった。父が死んでから母は、川原の妹と一緒に暮らしていた。私は長女だから、お母さんのめんどうをちゃんと見なきゃ、と口にする時の妹の目に、かなり強い非難が込められているのを川原は気づいていた。川原の妹の夫は開業医をしている。横浜の郊外に広い家を持っていて子どもがいない。だから母が暮らすのにずっと適しているというのが川原の言いわけであった。

　川原の家は、男二人、女二人という構成で、おそろしく小さな建売り住宅に住んでいる。どう見ても母親が加わり一緒に暮らす余裕はなかった。

　それにしてももっとやりようがあったろうと川原は地団駄《じだんだ》を踏みたい思いになってくる。仕事の忙しさにかまけて、この二、三年、ほとんど妹のところへ行ったことがない。母親とは時たま電話で喋り、思いつくと小遣いを為替《かわせ》で送った。私はお父さんの年金やら退職金があるから、そこらの年寄りよりもずっと金持ちなのよ、というのが母の口癖であったが、それに甘えていた自分は何と冷たい息子であったろうか……。

パジャマのまま、布団の中で行なわれる懺悔《ざんげ》は湿ったまま谺《こだま》して、川原をどこまでも深く暗いところへ突き落とすかのようだ。

世の中の男たちに対して、川原は問うてみたい。母親の死というのは、これほど重みを持つものなのだろうか。これほど男をせつなくさせるものなのだろうかと。しかも働き盛りの男たちはゆっくりとその思いにひたっていることが出来ない。川原はとりあえずパジャマを着替え、階下へ降りていく。午前中は何とかなるにしても、午後からは重要な会議が幾つかあった。川原の勤める金属メーカーは、バブル崩壊後どうにも出口の見つからぬ不況の中にいる。川原の年代の男たちは、リストラという罠《わな》から逃れるためにも、会社にたえず忠誠を誓わなければならない。その結成式とも思われるような会議が、近頃やけに多いのである。

ぎしぎしと音のする階段を降りたところが、ちょうどリビングルームになっている。葉子と、大学一年生の美雪《みゆき》がコーヒーをすすっているところであった。

「やっとお目覚めね」

葉子が皮肉な声を挙げる。

「起こしに行くと、すごい目で睨《にら》むんだから嫌になっちゃうわよ。こっちは遅刻させないように一生懸命なのにさ」

「疲れてんじゃないのオ。パパぐらいの年代の男の人って、とにかくいちばん疲れてるんだって」

美雪が口を出す。言葉だけを聞いていると、父親の体を思いやっているようであるがそうではない。今どきの娘の特徴なのだろうか、抑揚のない話し方で、ほとんど感情は抜きである。心と頭は別々になっていて、舌だけがその場でちょっと気のきいたことを勝手に喋り出すという感じである。

「あ、パパ、ネクタイの色、ちょっと変。そのワイシャツの色と合ってない」

美雪は若い頃の葉子に似ていた。色が白く、黒く大きな瞳が泣く直前のように濡《ぬ》れている。が、あと数年もすれば瞼《まぶた》が少しずつ垂れてくるはずだ。ちょうど母親のようにだ。

「卵、どうしますかァ。茹《ゆ》でるの、それとも目玉焼きにします？」

めんどうくさ気に立ち上がる葉子は、その昔本当に美しい女であった。この女を手に入れるためにはどんなことでもすると、本気で思ったことがある。

結婚したいと告げた時、母は言ったものである。

「宗ちゃんさえよかったら、私は全然構わないわよ。宗ちゃんの幸せがいちばんなんですもの」

　あの時の母の反応というものは、双手《もろて》を挙げて賛成をいうものではなかった。川原はそれを単純な母親の嫉妬《しっと》とも、また自分がまだ若いことに対しての危惧《きぐ》だとも思っていたが、おそらく母は見抜いていたに違いない。若く美しい娘が、あっという間に太《ふと》り肉《じし》の中年女になっていくことをだ。全くそれは驚くほどのスピードで、川原はまるで魔法をかけられたようだと思ったことがある。結婚前、若かった川原は自分のフィアンセの美しさについて、母親に惚気《のろけ》たことがあった。あの時母は、かすかに眉《まゆ》を寄せて言ったものだ。

「宗ちゃん、奥さんになる人を外見の綺麗《きれい》さで選んだりしちゃ駄目よ。そんなものはいつか消えてしまうもの。それよりも賢こさがいちばん大切なのよ」

　それならば葉子は賢こくないのかと、川原は冗談半分でからんだものである。しかしあの時、母親はわかっていたに違いない。

　二番目の子どもを産んだ後、葉子は急に身のまわりに構わなくなった。娘よりもさらに奥が深いと言われる息子への愛情に耽溺《たんでき》してしまったということがいちばん大きな理由であるが、葉子には自分の容姿を持続させようとする努力を支えるものが欠落していた。子育ての最中だからと髪は短かく切られ、パーマもあてなくなった。その妻の首の後ろが、二重にくびれているのに川原は驚いたことがある。葉子は首からまず太り始めていったのだ。

葉子は専業主婦の安逸さにどっぷりと浸り始めた。同じように働きに行かない女でも、図書館に通ったり、何かのサークルに入ったりする者は幾らでもいる。ところが葉子の楽しみといえば、近所の主婦仲間と葉子を持ち寄っては喋ったり、子どもと一緒にテレビを見て笑いころげることであった。川原は母親の言う「賢こさ」ということにやっと思いあたったのであるが、教育問題に形相《ぎょうそう》を変える母親になられるよりはましかと考えたりもする。それほど甘い父であり夫であった。

やがて川原が、

「のびのび育ってくれさえすれば」

という心境になる頃には、美雪もその下の弟も、成績は低空飛行ということになった。弟の方は三流と呼ばれる私立高校に通っている。美雪の方は新設の女子大である。川原は勉強が嫌いならば、専門学校へ進んだらどうかと提案したのであるが、これは葉子が強硬に反対した。高卒という学歴の葉子は、ここに来て娘を四年制の女子大に進ませることに固執したのである。

その聞いたこともない女子大の偏差値は、なんと四十二である。週刊誌のランキング一覧表で何気なくそれを目にした川原は暗澹《あんたん》たる気持ちになった。偏差値四十二の大学というのは、果してどんなところなのであろうか。そんなところへ通う必要があるのかとさえ思う。

　けれども美雪は、大学へ行く目的が川原とはまるで違うようであった。美人の彼女は、合コンだ、パーティーだとしょっちゅう飛びまわっている。アルバイトで稼いでいるとかで、身のまわりも贅沢《ぜいたく》なもので整えるようになった。こうした娘というのは、自分の二幕めを演じてくれている思いがあるのだろうか、葉子は急に娘に構い始めた。忙しいからといって洗濯もしてやり、娘から頼まれれば部屋も掃除してやる。そのありさまはあたかも令嬢に仕えるお手伝いのようであった。

　けれどもそんなことは許せる。川原が腹を立てているのは、入院中の母親に対する二人の態度であった。老人性の癌《がん》にとりつかれた母親のめんどうは妹がみた。彼女の夫の知り合いの病院に、特別の便宜を図ってもらっていた。葉子は週に一、二度様子を見に行っていたが、ほんのご機嫌伺いだったと妹は言う。美雪に至っては、おそらく祖母のところへ顔を見せに行ったのは、入院中二回ぐらいだったのではないだろうか。少しは看病を手伝うようにと言った川原に、妻は憤然《ふんぜん》として言ったものである。

「娘に年寄りの下《しも》の世話をさせようっていうの。嫁入り前の娘に、そんなことをさせられるはずがないじゃないですか」

川原の後悔にはさまざまなものが含まれている。自分も長い間、母親のことを顧みなかった罪、愚かで冷たい女と結婚したことの罪、そしてこの女とそっくりの娘を育てた罪……。

死んだ母親への強い思慕《しぼ》は、いつのまにか妻と娘に対しての憎しみへと姿を変えようとしている。そして川原はそんな自分の心をそう奇妙だとも思わない。

川原はこの頃、ひとりで飲むことが多い。そうでなくても下の者からは煙たがられ、上の者からは疎《うと》まれる年代である。それでも母親が死ぬ前には、気の合った同僚と陽気な酒を飲むこともあった。しかし川原はいつのまにか彼らを誘わなくなった。誰に打ち明けようとも、到底自分の気持ちを理解して貰《もら》えるとは思えなかったからである。川原はあたりを見渡す。ちょうど父親や母親が亡くなる年齢である。川原も今年になってから通夜に三回も行った。

彼らは当初のうちは、沈痛な面持《おもも》ちだったり、酔うと哀し気に親との思い出を語ったりするが、二ヵ月もするうちにはすぐに平常の生活に戻る。仕事や生活の雑事の溝の中に、親の死というものはすっぽりと埋められ、やがてまたその上から日常というものが塗り込められ、やがてその跡も消えていくという感じである。何年か前、父親を交通事故で亡くした男がいる。彼は父親の悲惨な最期が目の前に浮かぶようだと嘆いていたものであるが、彼の怒りや悲しみというものは専《もっぱ》ら外に向けられていた。川原のように内に内にとは入ってこないのである。

どうして皆、これほど早く立ち直れるのだろうかと川原は思う。自分だけが母親の死というものを奇妙に醱酵《はっこう》させているようなのである。もしかしたら中年のうつ病にあたっているのではないかと本を読んだこともあるが、そんなことをしても川原の症状が軽くなることはない。

不思議なことに、こうした思いの中、川原の性欲は日一日と強くなっていくのである。これには彼自身がいちばんとまどってしまった。妻の葉子との仲は、ご多分に漏《も》れずおざなりなものであった。月に一度どころか、年に二、三度、酔ったはずみで妻のシングルベッドに向かうといったところである。ところが、朝の川原の体はあきらかに変化を見せ始めた。この頃、川原はとても早く目を覚ます。軽い寝息をたてている妻の傍らで、川原はもはや習慣となった母親へのせつない感情に身をひたす。若く美しかった母親のことを思い出すのもこの時である。川原はそんな時、自分の左手を軽く股間《こかん》にあてがう。ことさらの意味はなかった。慰撫《いぶ》するためというよりも、それは悲しみにひたるポーズをとるためである。それなのに川原のそれは、少年の頃のように硬さを持ち、昂然《こうぜん》と頭を擡《もた》げていく。これほど彼の性器が意志と活力を持ったのは久しぶりのことである。

そして川原はつくづくと女を抱きたいと思った。もちろん妻では絶対に嫌だ。街で通りすがりの娼婦を買ったのもこの頃である。川原は過去に何度か浮気の経験がある。会社の誰にも気づかれなかったが、部下のOLとかなり長い間関係を持ったこともあった。川原が三人めの男だという彼女は、すべてにおいて未熟な娘で、彼がさまざまなことを教えてやった。いつしかその最中、彼女は大声を上げ白目をむくようになった。それが次第にうとましくなり、川原は女と別れた。そんな醒《さ》めたところがある男だと自負していたはずなのに、川原は女を抱きたいという狂おしいほどの欲望にうち勝つことが出来ない。

川原はある日、ソープランドというところの門をくぐった。もちろんこの種の店は初めてではない。関西に出張した時、友人に誘われて出かけたことがある。けれどもそれは三十代の時だ。

久しぶりに訪れて、川原は相手をしてくれる女が若くて可愛らしいことに驚いた。以前は肌も汚なく、前歯に煙草のヤニをつけているような女が多かったが、その日川原の前に現れた女は、すらりとした体と、染みひとつ無い真白い肌を持っていた。本当かどうかわからぬが、都内の大学に通っているという。

「君の大学、偏差値はどのくらいなんだ」

川原はふとつまらぬ質問をしてみた。

「結構高いんじゃないの」

女は八重歯を見せて笑った。笑うとやわらかい頰《ほお》に笑窪《えくぼ》が出来て、十九歳という年齢は本当なのかもしれないと川原は思った。

「だって私、高校の時結構勉強したんだもの。これでも田舎の高校で優等生だったんだよ」

娘は見事な円錐形《えんすいけい》の乳房をしていた。先端が東南アジアの娘のように茶褐色《ちゃかっしょく》をしていて、それがやや川原を白けさせた。彼が中に入っていくと、娘は嬉《うれ》しそうに鼻を鳴らした。何だかすぐにいってしまいそうと、訴えるように言う。

あっという間に川原は果てた。まるで十代の若者並みの早さじゃないかと、川原は肩で息をする。娘はおそらくマニュアルにあるのだろう、優しく川原の背を撫《な》で始めた。やわらかい手である。若い娘にしては珍しく長い爪をしていないので、指の先も滑らかに動く。

オレはいったい何をしているのだろうかと川原は思う。この娘は美雪と同じぐらいの年齢ではないか、こういう女を抱いて、いったい自分は何を得ようとしているのだろうか。が、何も得られてはいない。得られないのはわかっているのであるが、川原はやはり女を抱きたくてたまらないのだ。男は精液を放出することによって、自分の内面を埋めようとする時がある。年甲斐《としがい》もなく川原はそれをしてみた。しかし三日おきのソープランド通いは、たちまち川原の体に変調をもたらしたのである。彼の目のまわりはうっすらと黒ずみ、口のまわりの皺が深くなった。若い時の放埒《ほうらつ》はそのままエネルギーに姿を変えることがあるが、四十過ぎてのこうしたことはねじけた疲れをもたらすだけだ。

「川原さん、この頃顔色がよくないですね」

後輩に声をかけられた。

「お仕事が大変なんじゃないですか。あんまり無理をしない方がいいですよ」

ああ、そうだなと川原は笑った。そして問うてみる。最近川原は他人によく質問をしてしまうのである。

「君のご両親は健在かね」

「ええ、田舎で元気で暮らしていますよ」

「そりゃあ、よかった。それだったら、どちらかが亡くなる時のことなんか考えたことはないだろう」

「そんなことないですよ、田舎に帰った時に、よく母親と話しますよ。葬式はこうしてくれってあれこれ言われるんですよ」

「それだったらまだまだだよ。大丈夫だよ。心配することはない」

まだ三十代前半の男である。親の死を知らない男の顔というのは、こんなに明るいものだろうかと、川原は彼の艶《つや》のある顔を眺《なが》めた。

その夜はしこたま飲んだ。ソープへ行ってもよかったのであるが、川原の小遣いはそろそろ底をつこうとしていた。自分の給料はしっかりと葉子が握っていることに川原は思いあたるのである。その葉子は今夜は池袋の劇場へ出かけている。何でも有名なフラメンコダンサーの公演があるというのだ。

葉子はフラメンコを習わないかと近所の主婦に誘われているらしい。さすがに太り過ぎを気にし始めていて、フラメンコは痩せるのにとてもよいと聞いたというのだ。

玄関のドアを開けると、リビングからあかりが漏れていた。妻がいない替わりに、珍しく娘がいた。そうかといって、父親の夕食をつくることなど考えが及ばないらしい。

ジーンズ姿でソファに寝そべり、テレビドラマに見入っていた。

「お帰りなさい」

画面から目を離さずに言った。

「さっきママから電話があって、夕ごはん食べて帰るから遅くなるって。リュウちゃんは友だちのところへ泊まるって」

リュウちゃんというのは、ほとんど家に居つかない息子である。

「そうか……。茶を淹《い》れてくれないか」

ぐったりと椅子《いす》に腰をおろした。

「もお、お茶ぐらい自分で淹れればいいのに」

美雪はしぶしぶと立ち上がった。驚くほど腰が高い位置にあるのを川原は認めた。ジーンズの固い生地の上からも、ふっくらとした形よい尻であることがわかる。おそらくこの娘は男を知っているだろうと川原は思った。そんなことはとっくにわかっていたことであるが、今は息苦しいほどはっきりとわかる。

この娘は自分の母親の血を引いているはずだ。おそらく祖母よりも母よりも、はるかに美しくなるであろう。何の苦労もせず、気概もなく、怠惰《たいだ》なだけの娘。これが川原がつくり出したものであった。母とひき替えに、川原が与えられたものであった。

「おい」

川原は娘を呼びかけ、そしてやめた。問うことが何もないことがわかったからである。そして自分がいちばん抱きたい女が、実はこの娘だということもわかったからである。

川原は台所に立つ娘の尻を見つめる。思い出に出てくる母はいつも前向きなことに川原はふと気づいた。

赫《あか》い雨

同じような年代の男に抱かれるようになってから、川原美雪はますます父親のことが嫌いになった。

四十過ぎの男の体がどのように反応し、どのように動くかを知ってしまったからだ。十九歳の美雪にとって、四十代の男というのはそれまで全く圏外にあった。セックスなどほとんどしないのだと思っていたのである。およそ自分の親の性関係ほど、想像しづらいものがあるだろうか。以前大学の友人たちと酒を飲んでいる最中、誰かがそんなことを言い出したことがある。日曜日の早朝、合宿へ行くための準備をしていたのだが、どうしても見つからないものがある。もう母親は目を覚ましているものと思い、声をかけながら両親の寝室のドアを開けた。すると父親のベッドの中にいる母親を見たのだという。

「やってたの」

誰かが問うと、ううんと彼女は首を横に振った。

「もう終わったみたいで、一応寝巻きは着てたわ。ま、裸のところを見たらショックだったかもしれないけど、ふうんっていう感じ。うちの親って日曜日の朝するのかあってわかっただけ」

その時美雪はぼんやりと、うちの親はまずそんなことはしていないだろうと思った。最近痩《や》せて、というよりもますます貧相になった父親と、太り過ぎを本気で気にしている母親とがどうして体を合わせたりするだろうか。四十過ぎてそんなことをしょっちゅうする人間というのは、よほど魅力ある人たちか、そうでなかったら芸能人といった類の人たちではないだろうか。

美雪は当時の、といっても、たかだか半年前の話であるが、そんなことしか感じられなかった自分の幼なさを懐かしく思うことがある。水谷《みずたに》という男と知り合い、抱かれるようになってから、美雪は多くのことを知った。

ネクタイとスーツの下に、まだ滑らかな皮膚とほどよい筋肉が隠されていることがまずそうだ。それらは硬さではかなわないものの若者のよりも使い込んだ分、美しい艶《つや》を持っている。それよりも中年の男の、黒々とぬめりを持った性器といったらどうだ。最初水谷からそれを見せつけられた時、美雪は小さな悲鳴を上げたものである。

美雪はそれまで同い年とふたつ年上の男との二人を知っていたが、彼らと水谷のそれとでは色がまるで違う。価値あるものは、毎日布とワックスを使って磨きをかけられるが、年を経た男たちのワックスは女の愛液かもしれない。その中で摩擦《まさつ》運動を繰り返した結果、水谷はこのようなてりを手に入れたのであろう。

自分の父親も股間《こかん》にそのようなものを所持していると考えることは、軽い吐き気を起こすようなことだ。他人からは快楽を得られるものが、身内となると嫌悪しか感じられない。ああ、嫌だ、嫌だと美雪は首を横に振る。

最近父親は別人かと思うほど元気がない。夜も遅く、帰ってくると決まって缶ビールを二本空けぼんやりとテレビを見続ける。

「あの人はすごいマザコンだったからね、それでいつまでもうじうじしてるのよ。親が死ぬなんて誰でも味わうことだから耐えなきゃいけないのに、あの人は気が弱いからそれが出来ないの」

母親がうんざりとした調子で言うことがある。自分の暗い感情に溺《おぼ》れようとする父親は、家中のもて余し者なのだ。

その父親が最近自分に向けて、奇妙な視線を投げかけてくる。それはほんの一瞬なので最初は気のせいかと思ったが、自分の腰のあたりにやわらかい気配を感じ、振り向くと父親がとっさに目の方向を動かしていることが何度かあった。

同じような嫌悪を以前感じたことがある。それは思春期と呼ばれる頃を過ごしていた頃だった。自分の膨《ふくら》みかけた胸を、父親が凝視《ぎょうし》しているのではないか、生理の始末をしたばかりのトイレの小さな壺《つぼ》を、父親が覗いているのではないかという疑惑である。が、何年かたち父親への嫌疑が薄れかけた頃に、再び何かが始まったのだ。

「ああ、本当にうざったらしい。気持ち悪いったらありゃしない」

しかしこうやって父親を憎んでいくと、水谷を思う気持ちが汚れるような気持ちがするから不思議だった。同じ世代の男に抱かれて、父のことが嫌いになったのは確かだ。けれども父親を嫌いになるということは、自分のその男を慕《した》う気持ちが薄れることにもなる。

愛人と父親というのは、どうやら奇妙な比例関係にあるらしい。

「面白いおじさんたちがご馳走《ちそう》してくれるパーティーがあるの。ちょっと出かけてみない」

同級生の理香子《りかこ》に誘われたのは、今年の春のことだ。理香子は、学校でかなり目立つ存在である。いや、目立つというよりも浮き上がっているといった方が正しいかもしれない。女子大の一、二年といったら、まだ格好が野暮ったい時期である。しかも美雪たちの女子大は仏教系の地味な大学だ。偏差値、近辺の大学の合コンの人気度も極めて低い。そうした中で、理香子の着ているものや様子は群を抜いてあかぬけている。サングラスをかけて大学へ来るのは、おそらく彼女ぐらいのものであろう。

　雑誌のモデルをしているという噂があったが、それだったら背が低過ぎる。それによく見ると美人というのでもない。化粧の巧みさやセンスのよさで自分をひきたてることを知っている女というのは、この年代ではどうしてもしたたかな印象を受ける。理香子は自分のそういう雰囲気や評判をよく知っていたのだろう。キャンパスでもこれといって仲のいい友人はつくっていなかったようである。

　その理香子から、パーティーへ行かないかと突然誘われたのだ。警戒した美雪は返事を渋った。

「そんなさ、たいしたことじゃないってば。気楽に考えてよ。私の知ってるおじさんがね、おいしいものを食べさせるから、美人の友だち連れてきてっていってるのよ。広告代理店とか銀行のえらい人たちで、全然へんな人たちじゃないわ。でもうちは、レベルがひどいじゃない。誘えるのは川原さんぐらいよ」

　こう言われると美雪も悪い気がしない。昔から容貌のことを誉《ほ》められると素直に喜ぶ性格である。もう少し自尊心が強かったり、知的なものがあると、ひねくれた考え方をするものであるが、自分が美しいことを指摘されるのが美雪は大好きだ。

「ねっ、ねっ、川原さんも来てよ。ちょっと行けないところ連れてってくれるしさ、楽しいおじさんたちだからさ」

出かけたところは、六本木にあるフランス料理店であった。ここは東京でもしゃれ者たちが集《つど》うところだという。フランス料理といっても箸《はし》が出され、醤油味《しょうゆあじ》の前菜が出たりする。けれども高価な店だということは、内装や皿の立派さからもわかった。

男たちは全部で四人いた。四十代半ばから後半の、髪に白いものが混ざり始めた男たちである。美雪の予想とは違って、みんなきちんとしたスーツを着こなしている。チェーンのブレスレットをしたり、ブランド品のクラッチバッグを持ったりする者など一人もいなかった。

どうやらその日は、男たちのひとりの誕生パーティーであったようだ。シャンパンが何本も抜かれ、店側からだといってケーキがテーブルに運ばれた。

「おめでとうございますゥ」

理香子は男に馴《な》れ馴れしく寄っていって、頬《ほお》に軽くキスした。その男は加藤といって、有名なゲーム・ソフト会社の専務だという。専務といっても創立グループのひとりで、大変な額の給与を貰っているのだと、理香子は美雪に教えてくれた。後に彼女がこっそりと打ち明けるには、つい最近まで六本木のミニクラブで理香子はアルバイトをしていたというのだ。ここにいる男たちは、その時知り合った連中だという。

「みんなさ、お金はあるけどへんな人はいない。みんなちゃんとしたところにお勤めしているのよ」

その中のひとりが水谷であった。彼はある大手都市銀行で広報担当の部長をしている。美雪の頭の中で、それまで銀行員というと質素で手堅いイメージがあったのであるが、水谷はまるで違っていた。酒をいちばん飲んだのも彼だったし、きわどい冗談をいちばん数多く口にしたのも彼であった。そうかといって好色な中年男というのではない。髪をゆるやかに分けて眼鏡のかたちもしゃれている。背が高いのでしっとりとした素材の紺のスーツがよく似合っていた。

これまた理香子からの情報であるが、水谷の勤める銀行は給料が高いことで有名だという。しかも広報の仕事をしていたら、交際費はそれこそ使いたい放題だというのだ。

「お店に来てても、ああいう人たちいちばんカッコいいよね、お金の使い方が違うもん。世の中不景気だっていうけど、やっぱりいい人はいいんだってつくづく思った」

理香子はとても同い齢とは思えないほど大人びた言い方をした。

六本木での食事の後、飯倉にあるカラオケクラブに移動しようということになった。この時美雪は、生まれて初めてハイヤーに乗った。黒塗りの車から初老の男が降りてきて、ドアを開けてくれたので、美雪は慌《あわ》てて頭を下げた。

何年か前、まだ父親の会社の景気がよかった頃だ。父親も有力な上司に気に入られ、毎日やたら張り切っていた。日曜日ごとにゴルフに出かけたが、時々ハイヤーで帰ることがあった。お得意さんを送ったついでだと言ったが、どこか父は得意そうだったと美雪は思う。この黒いピカピカした車には、どこか男の人の心を捉《とら》えるものがあるに違いない。

そしてカラオケをしているうちに、次第に二組のカップルが出来上がっていった。加藤に理香子、水谷と美雪というふた組である。二人の男が余ることになったが、彼らはそう気にしている風にも見えなかった。その時々、運のいい者が女を独占する権利を有するというのが、彼らのルールのようであった。

といってもたいしたことをしたわけではない。水谷の隣りに座り、肩を抱かれて新譜カタログをめくっていたぐらいの話だ。若い男の子とのコンパへ行っても、こうしたことはしょっちゅう起こる。彼らはすぐ図々しく身をすり寄せてきたり、肩に手をまわそうとするのだ。

けれどもその時、指輪をしていない水谷の左手が、自分の肩に置かれた時、美雪はとても不思議な気持ちがしたものだ。黒い車の後部の座席に彼は深く身を沈め、やや疲れたような声で行き先を告げた。それはハイヤーを毎日使い慣れた人にしか出来ないしぐさだ。その男が、いかにも親し気に自分の肩に手をまわしてきたのである。

「美雪ちゃん」

しかも彼はこんな風に呼ぶ。

「一緒に歌おうよ。いいだろう」

美雪はその後、この「いいだろう」を何十回、何百回と聞くことになった。

次の日に、美雪の携帯電話は早くも鳴ったのである。

「水谷です」

受話器部分から聞こえる声は、いつもの男の子たちの声よりも遠いところで響いているようであった。昨日はとても楽しかったねと水谷は言い、確かにそのとおりだと美雪は思った。あんなに年の離れた男たちと一緒だったのに、場違いな気分は一度も味わわなかったのだ。

「今度は二人っきりでおいしいものを食べに行こうよ、いいだろう」

水谷の「いいだろう」という言い方はとても面白い。相手の女が断わることなどまるで考えていないという自信と、それでいて懇願している甘さがある。拒否する女など本当にいないのかもしれない。

「美雪ちゃんはいつだったら空いているの」

頭の中ですばやくスケジュール表を取り出した。どれも取り消すことが出来そうな他愛ない約束ばかりのような気がしてきた。

「私は忙しいっていえば忙しいし、暇っていえば暇なんですけど……」

「何だかよくわからない言い方だな」

水谷は笑ったが、その声も若い男の子たちとは違っている。こちらの耳にあまり届かない笑い声だ。

「それじゃさ、来週の水曜日どうかな」

すぐに会うのかと思っていたから意外だった。今日は火曜日である、大人の男というのは、一週間間を置くことが、「すぐ」ということになるのであろうか。

そして彼が指定してきたのは、ホテルのコーヒーハウスである。

「ここなら美雪ちゃんもわかるし、おじさんの僕にもわかる。渋谷のあそこだ、西麻《にしあざ》布《ぶ》の何とかだって言われても、おじさんにはまるっきりわからないからね」

けれども彼の思惑はもっと別のところにあったらしい。美雪はここの鉄板焼レストランで夕食をとり、ホテルのバーに誘われた。そして四十分後には階上のダブルの部屋で水谷と向かい合っていた。

「最初会った時から、なんて可愛いコだろうと思ってたんだ」

鉄板焼の店で牛肉を食べていた時と、バーで水割りを飲んでいた時とでは、彼は声のトーンを変えていた。けれどもいちばん低くなっているのが今だ。ささやいているといってもいいぐらいである。

「本当に可愛いよ、たまんないよお」

そして彼はほとんど聞こえるか聞こえないかの声で言った。それはかすれた声だ。

「ねえ、いいだろう」

大学の講義はすべてそうだといってもよかったが、退屈な講義の最中、美雪はいつも水谷とのことを思い出すようにしている。

それはおとといのことである。しばらくしてから水谷は、美雪の体に起こった変化について口にしたのである。

「ウソだあ……」

美雪は顔を枕に押しつけたままイヤイヤをしたが、確かにそれは自分でも感じていた。下半身が勝手に動き出したかと思うと、体中の襞《ひだ》という襞が、みんな同じ方向を向いて、いっせいに口をぱくぱくさせたような感触があったのだ。

「これで美雪も、やっと大人になったたっていう感じだな」

水谷は美雪の汗ばんだ髪をかきわけ、首筋にキスをする。水谷には薄い胸毛があった。それまで胸毛などというものは、美雪にとって唾棄《だき》する以外の何ものでもなかったはずだ。それなのに水谷の胸を薄く覆《おお》っている茶色の毛は、まるで西洋の鎧《よろい》のようにも見える。両胸にぽっちりとした乳首があったが、それは気恥ずかしいほどのピンク色だ。下半身の黒く光っているものとはまことに対照的であった。

水谷の舌は首すじから美雪の耳朶《じだ》まで上がっていく。そこで彼はこの若い娘の体が持っている、さまざまな美点をこっそりと告げるのだ。

「美雪は顔もいいけれど、あそこも最高だよ。きっと将来、すごい男たらしの女になるよ。いや、もうなっているけどね」

そして突然彼の手は伸びてきて、美雪の腹の下に侵入する。中指がやや乱暴に、美雪の敏感な部分を探りあてようとする。美雪は小さな叫び声をもって抗議した。

「いま、おじさんがご褒美《ほうび》をあげようと思っているんだから静かにしなさい」

美雪はあおむけにされる。今どきの娘にしては乳房が大きくないことが美雪の悩みである。けれどもその分、ウエストはほっそりとくびれている。だからこういう姿勢をとらされ、上から見られると美雪は美しいSの形になっているはずである。

水谷は跪《ひざまず》き、美雪の足の間に顔を近づける。

「やだ……」

美雪は足を閉じようと必死になる。今までもこういうことは何度かあったが、それは前戯の時であった。いくら避妊具をつけたといっても、水谷のそれは美雪の体の中に放出されたばかりなのだ。彼に指摘されるまでもなく、美雪は自分が放出する液の量も平均以上であることを既に承知している。それなのに水谷は、すべてのものを舌で浄《きよ》めようというのであろうか。

「やだよお……」

しかし閉じようとする美雪の膝は、ものすごい力で反対に動かされる。

「駄目、駄目、じっとしていなさい。これからおじさんのご褒美が始まるんだから」

ああ、どうしてあんなことが男の人は出来るんだろうか。どうして自分の体をあれほどいとしがってくれるのだろうか……。

西館の第二階段教室の後方部の席で、美雪はいちばん最近の、いちばん気に入りの記憶にふけっている。けれどもこの記憶を楽しむのはいいのだが、ひどく喉が渇いてくるのだ。美雪は咳払《せきばら》いをするふりをしてバッグからハンカチを取り出した。そのバッグは流行のブランド品である。ミラノでつくられるこれは、とても可愛らしい形をしているくせに、目をむくような値段だ。いつもウインドウで見ていたこのバッグを、水谷はどうということなく買ってくれた。十二万円というタッグがついていた。

「気に入ったものは、すぐに自分のものにしなければ。後で買おうなんて思っていたら、欲しいものなんて手に入らなくなる」

本当にそうかもしれないと美雪は思った。

「僕にとっちゃ美雪がそうさ。今、美雪を自分のものにしなきゃ、一生後悔するってわかったんだ。だから心に決めた。この子をどんなことをしても手に入れるってね」

美雪は時々空恐《そらおそろ》しくなる時がある。相手が自分の欲しているもの、いや、それ以上の言葉を口にしてくれるからだ。愛の言葉なら何度も言われたことがある。少女の頃から、男の子たちといろいろな駆け引きもしてきた。けれども水谷の口から漏れる言葉はまるで違うのだ。そのタイミングのよさと巧みさというのはセックスと同じだ。あまりにもまっすぐ快感に繋《つな》がっていくので美雪はかえって不安になる。おそらくそこには真実が含まれていないのだろうとぼんやりと感じる。十九歳の美雪なりに考えるに、真実というものはもっと不細工《ぶさいく》な形をしているものではないだろうか。口から出す場合にも、とっさにこれほどなめらかな形にはならないのではなかろうか。

けれども真実など味わってどうにもなるものではない。四十八歳の水谷には、当然のことながら妻も子もいるのだ。特に長男の方は大変な秀才で、水谷が出た国立大学の法学部にいるという。

だが美雪は、水谷の家族に対して嫉妬《しっと》など感じたことがない。あたり前だ、そんな感情を持つのは、真実の恋愛ということをしている人たちだけの特権なのだ。

それでは自分と水谷とのことは、遊びというものだろうかと問うてみると、美雪は何やら不快な気持ちになってくる。世の中には遊びと金目あてで金持ちの男とつき合う女がたくさんいるけれど、自分はそこまですれていない。好きになった男がやや年をとっていて、たまたま金持ちだっただけだ。

そうはっきり口に出して言えるほど、水谷が魅力的な男で美雪は本当に嬉しい。腹も出ていなかったし、頭髪もたっぷりとある。上等のスーツを着た肩のあたりは、若い男が決してつくることの出来ない男の美しさというものであった。

そして水谷は決して言葉の出し惜しみをしない男である。美雪のことを愛らしいと言い、「僕の大切な宝物」と髪を撫《な》でる。この彼の言葉の多くが、美雪の矜持《きょうじ》を支えているといってもよい。美雪を不安にする水谷の口の上手《うま》さが、ある時は美雪を救っている。そして美雪はこの矛盾によって、一層甘酸《あまず》っぱい立場に誘い込まれているのである。

それにしてもと、美雪は鏡の中の自分に微笑《ほほえ》みかける。美人に生まれて本当によかった。昔から随分得した気分を味わってきたが、これほど自分の容貌の有利さに気づいたことはない。肌はこの頃めっきり綺麗《きれい》になってきて、薄くファンデーションを塗ると吸い込まれていくようである。美雪の目の大きさと美しさは、水谷が誉めちぎるものであるが、睫毛《まつげ》まであきらかに長くなってきていて濃い影をつくる。

自分が若く美しい女だから、このような幸福が訪れたのだと美雪は思った。時々感じる不安や苛立《いらだ》ちというものも、幸福にはついてまわるものなのだろう。そうしたものを見ないようにして、くっきりと目を見開けば、やはりそこにあるのは幸福であった。美雪の恋人は男前の上に金を持っている。美雪は水谷とつき合うようになってから、世の中に贅沢《ぜいたく》がどのような形で存在しているか少しずつ知るようになった。フランス料理やイタリア料理などというものは、贅沢の初歩というものかもしれなかった。本当のそれはこぢんまりとした料亭だとか、座敷で揚《あ》げる天麩羅《てんぷら》、一見《いちげん》さんは絶対に入れない鮨屋《すしや》のカウンターといったところにあるのだ。

「さあ、これを食べてごらん」

水谷は小さな備前《びぜん》の器に入ったものを美雪に勧める。

「上等の海老《えび》のミソだけを集めたものだよ。このひと口で二十尾の海老が使われているんだよ」

そのものの言い方は、ベッドの上のささやき方とよく似ている。

「もっと足を開いて、腰をもう少し浮かせてごらん……」

「お尻をもっと突き出して……」

あの時の声だ。美食とセックスとは渾然《こんぜん》一体となって、美雪を他愛なく酔わせてしまう。そしていつのまにか美雪は、水谷を完璧な男だと思うようになっている。自分にこれほどの快楽を与えてくれる男が、権力者でなくて何だろう。権力を憎むのは、それを味わったことのない人たちだ。一度もそんなめに遭ったことのない人間たちが、ニュース番組を見ては、癒着《ゆちゃく》がけしからん、不当な接待が許せないと騒ぎ立てるのだ。

そして美雪は、ますます父親のことをうとましく思うようになっている。彼とても有名私大の経済学部を出ていて、世間で言うような落ちこぼれでもない。もしかすると昔はエリートと呼ばれた類の人間かもしれなかった。しかし今はもう駄目だ。父親の勤めている会社は、日経で書き立てられたぐらい景気が悪い。しかも父親は、その中でも不景気な部署に追い込まれてしまったようなのである。一応管理職の中に入るから、給与カットが続いてもう半年になる。

そんな父親に比べて、水谷の颯爽《さっそう》としていることといったらどうだろう。電話をかけると、まるで魔法のように店の前に黒塗りの車がぴったりとつく。

自分はもしかすると、父親よりもはるかにいい生活をしているかもしれない。こう思いついて美雪はとたんにみじめな気持ちになった。こうした図式は、身を売った貧乏な娘が味わう感情ではなかろうか、美雪はこんなみじめさを自分に与えた父親のことをちらりと憎む。そしてそのみじめさは、そのまま父親に移っていく。

「あの人なんか嫌いだ」

はっきりとそう言うことが出来る。どうしてあれほどしおたれた様子なのか、どうしてビール二本に他愛なく酔ってしまうのだろうか……。あの男と一緒の風呂に入り、一緒のトイレを使うことの不快さはもう耐えられそうになかった。母親がいくら注意しても、父親はトイレの中に新聞を持ち込む。それを見るたびに美雪は便座に腰かけている彼の姿を想像してきつく顔をしかめてしまうのだ。

その父親は最近ますます痩せて、何をするのもぐったりしている。帰ってくるなりソファに身を投げ出すようにするのもたまらなくだらしない。

美雪はもう我慢出来ないと思う。どんなことをしてもこの家を出ていくのだ。地方から出てきてひとり暮らしをしている友人はいくらでもいる。親にいくらか援助してもらい、そしてアルバイトをすればひとりで暮らしていけないことはないであろう。おそらく水谷も賛成してくれるに違いない。彼が毎月美雪に使ってくれる金額で、小さなマンションはゆうに借りられるはずであった。そうなると夢は大きく膨んでいく。この頃美雪は不動産ニュースの本を読んだりしているのだ。雑誌に「ひとり暮らし」の特集があったりすると切り抜いたりもする。もし部屋を借りるのならば、家賃ぐらいは援助してもいいと水谷が言ってくれた時は、どれほど嬉しかっただろうか。

その日は夕方から雨が降り出した。父親はまだ帰ってこない。母親はテレビを見るでもなく、ソファに座って何やら考えごとをしている。いつも騒々しく友人と電話をかけ合ってる母親が、こんな風にしているのは珍しいことだ。美雪は今だと思う。

「あのね、私、ひとり暮らしをしてみたいの」

さりげなく切り出す。

「アルバイトを一生懸命すれば何とかなると思うの。そういう友だちだっていっぱいいるのよ」

その時母親は奇妙な行動を見せた。まるで娘の声が聞こえないように、ゆっくりと目を閉じたのだ。

「あのね、ちゃんと聞いてるの。私、部屋を借りたいの。もちろんうちの近くよ。だっていつまでたっても、親や弟と一緒に暮らすのっておかしいじゃない」

「美雪ちゃん……」

母親がゆっくりとこちらを向く。初めて見るような澄んだ静かな目であった。

「悪いけど美雪ちゃん、今はうちにいて頂戴《ちょうだい》」

「どうして、嫌よ。私、アルバイトでお金を貯《た》めたらここを出ていくつもりよ。だってひとり暮らしをしたいのよ」

「あのね、パパがね、もしかすると悪い病気にかかっているかもしれないの」

「悪い病気って何よ」

「お祖母《ばあ》ちゃんと同じ病気よ」

七ヵ月前に死んだ祖母の病いの名をやっと思い出した。確か老人性癌と言っていた。

「ああいうものはストレスが引き金になるっていうわ。お祖母ちゃんが死んでから、ずっと落ち込んでいたけど、まさかその病気になってるとは思わなかったの」

母親はソファの肘掛《ひじか》けに倒れるように斜めになる。肥満した腹のあたりがゆっくりと哀し気に揺れた。

「だから美雪はこれからママとリュウと三人で力を合わせていかなきゃいけないの。わかる？　もう今までみたいな我儘《わがまま》は出来ないのよ」

父親は死ぬのだろうか。まさかそんなはずはない。親というものはずうっと生き続けるものだと思っていたから、憎んだり、うとんじたりしたのではないか。

美雪は明日の水谷の約束を唐突に思い出す。彼はまたいつものホテルで、いつものように美雪の体を開いていくのであろう。そんなのイヤだと美雪は体をすくめる。いつのまにか、水谷と父とがイメージの中ですっかり入れ替わっていた。

従姉《いとこ》殺し

水谷修司《みずたにしゅうじ》は世間から好色な男と呼ばれている。これには当然のことながら、ある種の称賛が込められていた。

このせちがらい世の中において、女を追いかけ知恵を凝《こ》らし自分のものにするというのは、相当の体力と金を持っていなくてはならない。無邪気さ、優しさというものも必要であった。

現代において男たちは四十代になると、はっきりと二手に分かれていくようである。早くも恋や性愛というものをあきらめ、自嘲することによって同性の連帯を深めていくグループ。もう片方は次第にしのび寄ってくる老いに対抗するように、女たちを追い求めるグループである。この男たちは年ごとにふるい分けられ精鋭部隊となっていく。水谷はあきらかに後者の方に属していた。

狙《ねら》いを定めた若い女を口説《くど》く、ものを買い与える、しゃれた店へ連れて行きうまいものを食べさせる。頃合いを見はからってほのめかすと、若い女の唇に狡猾《こうかつ》そうな笑みが漏れる。紙ひと重で侮笑《ぶしょう》に変わりそうな笑いだ。水谷はそれを見るのが好きである。闘志が湧くといってもよい。二時間か三時間か後、この生意気で愛らしい女の顔に、別の表情を浮かべさせることを想像すると、息が荒くなるほど興奮してくるのがわかる。

友人にこのことを告げると、

「お前は本当に若いなあ」

と感嘆されるのであるが、水谷はこの瞬間が好きでたまらぬ。こうして胸を躍らせている自分をいとおしいと思うことさえある。

水谷は妻と二人の男の子がいるが、それ以外にも常に三人か四人の愛人がいた。愛人といっても、月に一度会うか会わないかの仲である。彼女たちもそれぞれ若い恋人がいるはずだったから、このくらいのローテーションが丁度よいのだ。

「会っている時は本気になる」

というのが彼のモットーで、若い娘たちもそう不満を感じていないはずである。水谷はベッドの中で、まず女たちをうつぶせにさせ、かすかに湿り気を持った後《おく》れ毛《げ》をかき分け、そこに強く唇を押しあてる。それは獲物を押し倒した獣が、舌なめずりのようにまずそれを嚙んでみるのによく似ている。女の肌の塩辛さを楽しみながら、彼は普通のサラリーマンからは考えられないような自分の収入や地位のことを考える。成功の手ごたえを女の肌に求める男は、もはや少なくなっていたから、その点においても水谷は誉《ほ》められてしかるべきなのだ。

その夜も水谷は、女子大生とホテルで逢い引きをしていた。美雪という名の若い女は、モデルになってもよいほどの美貌と、すんなりと長い手足を持っている。水谷はかなり気に入って、このところ頻繁《ひんぱん》に会っているのであるが、彼女の反応のよさが最近やや気にかかる。二十歳前後の女というのは、同年代の若い男にへんな風にいじくりまわされているというのが、水谷の持論である。アダルトビデオをさんざん見ている男の子たちは、女の体を性急に、しかもおもちゃのように扱うのだ。それを軌道修正してやり、じっくりとセックスをする楽しさや怖さを教えてやるというのが、水谷がよく仲間に対して口にする教育ということであった。しかし美雪の場合、これが少々度が過ぎたようだ。なかなか楽しみな女の子だと思っていたのであるが、若い女の体は水谷が予想していたよりもはるかに大きく花開いてしまった。今や彼女は性の歓びを、それを与えてくれた男への愛情と勘違いしているところがある。そのことが水谷にとって億劫《おっくう》になりつつあるのだ。

もしかするとあの娘との仲は、案外早く終わるかもしれない。傷つけないように、しかもこちらが恨まれないように、うまく別れに持っていかなくてはならないだろう……。

水谷はタクシーのシートに深く身を沈ませ、軽いため息をついた。が、こうした疲れは悪い気分ではない。

「あ、運転手さん、そこの白い塀のうちで停まって」

料金を告げる初老の運転手の声に、軽い驚きと羨望《せんぼう》が込められている。このあたりは東京のベッドタウンの中でも、新興の高級住宅地として知られているところであるが、水谷の家は九十坪の敷地に立つ二階建てである。いくら水谷が高収入の銀行員だからといっても、ひとりでこんな豪邸が建つはずはない。まだバブル景気の最中、妻の父親が死んで、遺産の土地が高い値段で売れた。それを自分の銀行の手堅い金融商品に変えておいたのが幸いしたのである。

石の感触が好きだったから、玄関はそう広くないが御影石《みかげいし》を敷きつめてある。帰るとまずそこに立って、ネクタイを締め直すのが水谷の習慣であった。それで若い女との情事の痕跡《こんせき》が消せるはずもないが、それは気の持ちようというものである。

リビングルームに入っていくと、妻の正子《まさこ》が編物をする手を止めて「お帰りなさい」と声をかけた。フラワーアレンジメントと懐石料理に一時凝っていたのであるが、今はまた編物に落ち着いたようなのである。名門女子大の被服科を卒業している正子は、色のセンスがよく、高校生の息子でさえそう嫌がらずに妻のつくったセーターを着るほどだ。

四十三歳の正子は、未だに綺麗な肌とすらりとした体型を持っている。二人の男の子を育てたが、おっとりとした性格は娘時代のままだ。これまた水谷が友人たちに与える教訓のひとつに、

「男が遊ぼうと思ったら、女房は世間知らずの金持ちの娘に限る」

というのがある。これも正子の場合あたっている。医者のひとり娘として育った彼女は、男や世間を疑うということをほとんど知らない。

もちろん何度かひやりとしたことはあったが、

「男の人の少々のことは我慢しなさい」

と実家の母親の意見に説得されてしまったようなのである。今や中年となった妻はそれなりに満たされ、自分の楽しみを幾つか見つけているようだ。水谷にとってはまことに理想的な「遊びやすい」状況がこの何年か続いていた。

「そうそう、あなたに松本から手紙が来ていたわよ」

「松本から」

　水谷の故郷である。家を継いだ弟夫婦と母親が暮らしているが、たいていの用事は電話で済ませていた。手紙などもう長いこと貰っていないような気がする。封筒の差し出し人を見た。「平田裕一《ひらたゆういち》」という名前に記憶はない。が「平田」という二文字は激しく水谷の目を射た。母方の実家の姓である。封を切る。そううまくない字が続いている。やっと思いあたった。「平田裕一」は、もう何十年も会っていない従兄《いとこ》の名前である。そこには、もうじき母親の七回忌が行なわれるが、ついでに早めに父親の十三回忌もとり行ないたい。そしてこの際三十四年前に亡くなった姉の供養もしたいと思っている。ご存知のようにうちは非常に係累《けいるい》の少ない一族である、当日は水谷の叔母さんや、延夫《のぶお》さんたちも来てくれるそうであるが、自分としては修司さんにもぜひ出席して欲しい。なんといっても修司さんは親戚中の出世頭だし、死んだ姉ともとても仲がよかったはずだ。当日修司さんが来てくれたら、姉もどんなに喜ぶだろう……。

「死んだ姉」「とても仲がよかった」

この二つの文字が便せんの上でくらくらと揺れている。三十四年ぶりに現れた凶々《まがまが》しい印であった。

「どうしたの。どういう手紙なの」

水谷の態度がおかしかったのであろう、正子が不安そうにこちらを見ている。

「何でもない」

水谷は言った。

「何でもないんだ。たいしたことじゃない」


今ではそんなことを言う人も少ないらしいが、水谷修司が育った昭和三十年代、長野はよく「教育県」と呼ばれていた。真面目でもの堅い県民気質が、たとえ生活は切りつめても子どもにいい教育を受けさせたいという風潮を生んだようなのである。

修司の家がまさにそうしたうちであった。戦前からの中規模の地主であった一族からは、何人かの秀才を輩出している。東京帝大や東北帝大へ進んだ男たちが何代か前にいて、母はそのことを大層自慢していた。

「うちは優秀な血が流れているのだ」

とよく口にしたものである。事実修司は子どもの頃から秀才と呼ばれていて、成績は二番と下ったことはない。小学生の頃から生徒会長を務めていた彼を、弟とは別に母親はそれこそかしずくようにしていたものである。

今はすっかり取り壊してモダンな建物になったが、当時の修司の家は古く大きな地主屋敷であった。土塀が続き、広い庭の中には蚕小屋や隠居部屋があった。屋敷の後ろはずっと林檎《りんご》畑で、春になると白い花が咲いたものである。そこのはずれに「新《しん》家《や》」と呼ばれる一軒の小さな家が建っていた。どうやらそこは昔、家の誰かが分家して住んでいたものらしい。ところがその頃は、あちこち板切れをくっつけた奇妙な家になっていた。

戦争中修司の故郷も、例に漏れず何家族もの疎開者たちが住みついた。その家も縁があった何家族かが分けて住んでいたらしい。戦争が終わって皆それぞれの都会へ帰っていった後、どういうわけか母の姉一家だけが残った。

昭和二十四年生まれの修司には、詳《くわ》しい事情はよくわからないのであるが、この伯母の夫というのはちょっと変わった男であったらしい。元々は東京でどこかの貿易会社に勤めていたのであるが、戦争で会社が閉鎖されてしまった。戦後は友人と一緒に怪し気な商売を始め、儲《もう》かっている時は東京にいて、失敗すると妻子のいる長野に帰ってくるという生活をずっと続けていたのである。

修司の母は、こうした姉一家のことを非常に恥じて、近くに住んでいながらあまり行き来はなかったと記憶している。おそらく父や姑《しゅうとめ》たちに気がねしていたのだろう、修司や弟に、

「あまり新家に遊びに行かないように」

と注意していたほどである。

けれども中学生の修司にとって、新家ほど楽しいところはなかった。ここには四つ年上の従姉《いとこ》、千代子がいたからである。高校三年生の千代子は、そのあたりでは有名な存在であった。生まれたのは長野のはずなのに、なぜか東京のにおいをふんだんにふりまいていたからである。

修司の母も、その姉である伯母も美人であったが、千代子の場合は二人のように整った綺麗な顔立ちというのではない。目が少し離れていたし、唇が少し厚過ぎた。三十四年前のあの頃というのは、美人は薄く小さな唇を持たなければいけなかったから、千代子はやや規格品はずれということになるかもしれない。けれども千代子の大きな睫毛《まつげ》の長い目や、笑うとのぞく真白い歯は充分に人の目をひいた。何よりも千代子は、昔の娘にしては大柄で、張り出した丸い胸はセーターの上からでもはっきりとわかった。それだけで千代子は大きな罪を犯しているように、近所の年寄り連中からは嫌われていたものだ。

修司はあの頃、図書館に行くと母に嘘をついては、林檎林を駆け抜け千代子の家へ出かけた。不思議なことに、修司と近い年齢の従兄の記憶はほとんど無いのである。

千代子の母の姿もあまり見たことはなかった。このあたりの記憶がどうも曖昧《あいまい》なのであるが、あの頃千代子の父の商売がうまくいっていたため、伯母は東京へ手伝いに行っていたのではないだろうか。

「ちょっといい時があると、すぐに次のことに使ってしまうらしい。少しは家族を東京に呼び寄せることを考えればいいのに……」

父親に愚痴《ぐち》とも言いわけともつかぬ口調で話した母親を思い出す。

が、男親のいない家に漂《ただよ》うだらしない温《ぬく》もりは、修司にとって何とも心地よいものであった。無口な癖に、いったん口を開くと陰湿な長い小言しか出てこない自分の父親が、嫌いで嫌いでたまらなかった頃である。それに比べ、千代子の父親は、修司に好ましいものをいつも残してくれていた。かなりの量のレコード、講談からクラシック、ジャズまでがその中に含まれていた。かなりの量の本もある。伯父は文学青年というほどではないらしいが、芥川、谷崎、流行の太宰といったひととおりのものが揃《そろ》っていた。「チャタレイ夫人の恋人」という本をこっそり手にしたのも、この本棚からであった。

千代子の淹《い》れてくれる紅茶やココアも、どれほど楽しみだったことだろう。

「貧乏人」

と修司の両親は彼らのことを称したが、時々の短かい成功の証《あかし》は、狭い家のあちこちを華やかに彩《いろど》っていた。千代子の着ているセーターは、村の娘の誰よりも赤く冴えた色をしていたが、それはおそらく父親が東京から買ってきたものに違いない。

千代子は奇妙なところがあった。突然はしゃいだかと思うと、一分後にはむっつりと押し黙ったりする。その落差に十四歳の修司はどれほど振りまわされたことだろう。

機嫌のいい時の千代子は、男たちから貰った恋文を修司に見せてくれた。近くの名門男子校の生徒、名曲喫茶の若い主人、詩をつくる郵便局員といった連中が千代子の賛美者であった。

「ねえ、みんな、私のことを女優になれるって言うんだけどどう思う」

千代子は足を組み替える。長いスカートであったから、白いソックスとの距離ははなはだ短かい。それなのに千代子の左脚はいったん空に舞い、そのなめらかな皮膚が空気の中にしばらくさらされた。小麦色のよく引き締まった肌である。細いが若くたくましそうなうぶ毛が、その肌を飾っているのを修司は見た。体の奥の小さな獣が、ぴくんと目を覚ました。

「私はね、東映か日活に写真を送ってもいいと思ってる。そうしたら、あの人たちはすぐに東京へ出てらっしゃいって言うんじゃないかな。だけど、私は本当はね……」

　ここで千代子は、大切な秘密を打ち明けるのだというように、顔を急に修司に近づけた。千代子からは夏も冬も、饐《す》えたようなにおいがする。水谷が体の深いところで獣を歩かせているように、千代子もどこかで甘い酒を醗酵させているのかもしれない。

「だけど私は本当はね、女優よりも歌手になりたいんだ」

　千代子は照れたように笑った後、突然流行歌の一部を歌い始める。確かに悪くない声だ。しかし音程が微妙に狂っている。

「ああーあ、私ぐらい不幸な女はいないわよねえ」

　それから大きなため息をつくのもいつものことだ。

「どうして私が東京へ行っちゃいけないんだろう。私はさ、本当は東京の子なんだよ。だってさ、私の本籍は東京にあるんだもの。ねえ、修ちゃん、あんたさ、杉並ってどういうとこか知ってる？」

「知らない」

「あのさ、東京でもいいうちがいっぱい建っているところなんだよ。私のお父さんとお母さんはそこに住んでいたわけ。私だって本当はさ、東京のお金持ちのお嬢さんで生まれたわけ。それなのに戦争があってさ、家は焼けてさ、うちはずうっとこんな田舎《いなか》住まいなんだもの」

ああ、東京へ行きたいと千代子は節《ふし》をつけるようにして言う。それはさっきの流行歌よりははるかに正確な音程であった。

「こんな私の気持ち、修ちゃんならわかってくれるよね」

「わかるよ」

修司は深く頷いた。千代子のことを世界でいちばん理解しているのは自分だと心からそう思った。

「修ちゃんってやっぱり頭がいいだけのことはあるよねえ。あんたって今に大物になるよ、きっとえらい人になるよ、そうしたらさ、必ず私を救い出してね。ちゃんと東京の杉並に帰してよね」

「ああ、わかった」

修司は東京の杉並というところがどういうところか全く知らない。けれども千代子がそう望むなら、自分はいつか家を建ててそこに住まわせてやるのだと口に出して言った。その頃十四歳の修司は、年齢よりもずっと大人《おとな》びていると人々から言われていた。けれども千代子の前に出ると、修司はとたんに幼なくなり、わざと子どもじみた空想を口にするのだ。すると必ず褒賞《ほうしょう》があった。

「ああ、嬉しい。修ちゃん、本当だね」

千代子は修司をぎゅっと抱き締める。自分の体を大きく突き抜けようとする衝動を、そうやって静めようとするかのようであった。その時修司は小児のように扱われるのであるが、彼の中の獣はとたんに成長して大きく飛び跳ね始める。あっというまに駆けめぐり、最後は修司の股間《こかん》で牙を剝《む》く。それを悟られまいと修司は腰を大きくよじった。

「修ちゃん、じっとしてなさい。私が可愛がってあげてるんだから」

ままごとの相手に命令するように千代子は言う。後に彼女が死んだ時、まわりの人々は千代子のことを情緒不安定と証言したものである。気分が突然大きく変わり、従《つ》いていくのがいつも大変だったと同級生たちは言ったという。

が、当時の修司にそんなことがわかるわけがない。彼はひたすら大きなうねりに身を任せるしかなかったのだ。

千代子の乳房は、当然のことながら母を除いて修司が初めて触わる女の乳房であった。それはセーターごしに彼に押しつけられたから、いつもつぶれた状態になっていた。さらに体を押しつけつぶし切ったら、どれほど気持ちよいだろうかと修司は思った。そして自分の下半身も何もかも、千代子の体に埋め沈めてしまうのだ。千代子の体はふわふわとやわらかい。自分の体はぶすぶすとどこまでも入っていくに違いない……。

が、次の瞬間、修司の体はぱっと離される。

「やだ、修ちゃん、いつまでも私にしがみつかないで」

自分が引き寄せたことなど全く忘れたように千代子は叫んだ。

「もう修ちゃんは子どもじゃないんだから」

そして再び足を組んだ。修司はまだこの時気づかなかったが、これは千代子が最近憶えたばかりの男を挑発するポーズだったのである。

「自分は狂っているのかもしれない」

この考えが、毎夜睡魔よりも律義に修司の元を訪れるようになった。

「こんなに千代子のことばかり考えている自分は、やはりどこかおかしいのだ」

布団の中に入ると、修司の中の獣たちはさらに意地悪く狂暴になる。彼の言うことなど全くきかなくなってくるのだ。それどころか獣たちは巨大な力を有し始める。修司の性器は起重機を何度もかけられたように持ち上がるのだ。その最中、いけない、修いけないと思いながらも修司は千代子の乳房を思い浮かべる。セーターやブラウスごしの乳房しか知らないはずなのに、修司の空想の中で千代子の胸はむき出しになっている。真中にぽちりと隆起するものがピンク色でややとがっていることも、修司ははっきりと思い浮かべることが出来た。

千代子はその乳房を自分の手で持ち揺すってみることもあったし、はじらって隠すようにする時もあった。いずれにしても、修司の獣たちは咆哮《ほうこう》し、爆発していくのである。

「千代子と自分とは、いずれ結婚出来ないものであろうか」

母親に見られぬよう、井戸端で汚した下着を洗いながら修司は考える。

「自分は大学へ行かない、高校を卒業したらすぐに働きに出る。そして千代子と結婚するのだ」

当時の田舎で早婚の若者は決して珍しくなかった。従兄妹同士の結婚というのも、時々は聞く話である。将来千代子が自分のものになるのだと考えると、夜な夜なの妄想も少しは救われるような気がする。が、不思議なことに修司の成績は少しも落ちなかった。

今にして思うと、おそらく世の中の少年たちすべてその年頃は、獣と戦っているのである。みな恐怖と嫌悪を持ちながら、獣が毎夜毎朝放出する白いものを見つめる。少年たちの条件は全く同じなのだ。
けれど修司の不幸は、千代子という本物の雌《めす》の獣を間近で見たことである。

土地の青年たちが千代子に対して抱く感情は、憧れというものだと長いこと修司は思っていた。不良学生もロマンティックな文学青年たちも、千代子に恋文を出し胸をかきたてているのだろう。

正月が終わり新しい学期が始まった頃だ。修司は塾から帰る途中であった。その頃の進学塾というのは、退職した教師が自宅の一角で開く極めてこぢんまりとしたものであった。その替わりこれと思う生徒は、教師が打ち込んで教えてくれる。その夜も新しいテキストのどうしても解けないところを、特別にみてくれていたのである。

松本の夜の寒さというのは、東北のそれとはまた違う。雪が少ない分油断していると、日が暮れたとたん骨が打たれるような冷たさに包まれるのだ。あの頃は舗装していない道が多かったので、夜になると凍《こお》ってしまう。だから自転車に乗ることも出来ない。

近道をするために、修司は小さな神社を通り抜けようとした。この神社は子どもたちから「アベック神社」と呼ばれている。参拝する者よりも怪し気な行為にふける男女の方が多いと言われているのだ。岡のあちこちに岩があり、手をかけていない雑木が絶好の目印になっている。凍ったぬかるみに足をとられぬよう、用心しながら歩いていると、突然修司は女の悲鳴を聞いた。彼がその時それほど怖しいと思わなかったのは、その声の中に甘さが含まれていることに気づいたからである。悲鳴というよりも嬌声《きょうせい》という方が正しいかもしれぬ。

石段をさらに上がった。鳥居の傍に二人の男とひとりの女がいた。女は千代子であった。高校の制服である紺色のコートを着ていたが、彼女の場合どうしても清楚な感じにはならない。この寒さにボタンをかけず前をはだけている。男は学生ではなさそうだ。背が高くジャンパーを着ている男は、千代子の手をひっ張ろうとしている。

「やめてよ、やめてったら」

千代子の声は完全に笑いを込めたものになった。修司はそのことに気づいたものの、どういう意味なのかはわからぬ。ただ千代子を救わなければと近づいていった。

「あ、修ちゃん、修ちゃん、こっちよ」

千代子が手を振る。大げさな芝居じみたものであったが、修司は喜びに包まれる。自分は確かに好きな女を救ったのだ。

った。

「なんだよオ、このガキは」

もう一人の男が修司を睨《にら》みつけた。こちらは背が低く、くりっとした目が幼な気だった。

「私の従弟よ」

千代子は歌うように言った。

「とっても頭がいいんだから、あんたたちが束になってもかなわないわよ。さあ、帰って」

「ふん、なんだよオ。自分から誘っておいたくせに」

背の高い青年が吐き捨てるように言った。

「〇〇高のやらせ女がよオ」

〇〇高というのは、千代子が通っている女子校である。やらせ女という言葉に、修司はぴくりと反応した。いったいこの男たちは何を言っているのであろうか。

「ふん、やらせ女で結構だよ。あんたたちみたいなのは勝手に言ってろってんだ」

千代子の言いようはどこかおかしい。たがはずれているような感じなのだ。さらに近づいてわかった。千代子は酒を飲んでいるのである。男たちもそうだ。彼らの吐く白い息は、そのままアルコールの臭気となって修司に届いた。

「もうあんたたちなんかと二度とつき合わないからね」

千代子の白い息は大きくなり、男たちの息は遠ざかっていく。

「何だよオ、タダでやらせてくれるっていうから、今までさんざんいい思いをさせてやったんじゃないか。酒代、返せ、バカ」

捨てゼリフを残して、男の影が鳥居の下に消えていった。修司は傷ついていた。千代子がこれほど汚ならしい言葉で表現されようとは思ってみなかったのだ。出来ることならば、さっきの青年たちを追っていきたい。そして暴言を吐いた口を裂いてしまいたいと思う。

「千代ちゃん、さあ帰ろう」

千代子の方を向いた時、奇妙な感情がわき起こった。憎いと思った。男たちに偶像視されていない千代子、「やらせ女」と呼ばれた千代子がただただ憎い。

「こんなところにいると怖いよ、寒いよ」

修司は千代子の手をとった。酔いのために千代子の手はふんわりと暖かった。

「修ちゃん、あんたっていいコだね」

いつものように固く抱き締められたが、顔の位置が違っていた。修司の唇は千代子のそれで覆《おお》われた。初めての接吻はアルコールのにおいがした。ぬるぬると舌が入ってくる。修司の下半身は突然分離した。彼の頭や心がある上半身と完璧に分かれたのだ。

「千代ちゃん、好きだッ」

修司は千代子の乳房をわし掴《づか》みした。憎い、汚ならしい女なら、そういうことをしてもよいと思った。ほんの半年の間に彼の背丈は伸びてそんなことを可能にしたのだ。千代子に押しあてられるのではない。自分の意志でとらえた女の乳房は大きく、考えていたよりもはるかにやわらかかった。真中の突起も確かに存在している。

「ふふふ……」

唇を離して千代子は低く笑った。

「修ちゃん、やらせてあげようかア……」

唇よりも先に分離した彼の下半身が「うん」と大きく頷いた。そのとたん修司はどんとつき放された。

「バカだね、このコ、本気になってるんだから。こんなに早く色気づいて、気持ち悪いったらありゃしない」

闇の中で修司は千代子を見つめた。体がおこりのように震えている。気が遠くなりそうな怒りを、接吻と共に彼は初めて経験したのである。自分がしなくてはいけないことは、この女をしめ殺しそして犯すことだと思った。獣たちがそう命令していた。

修司は千代子の喉に手をかけた。やわらかい皮膚に、どこまでも指は入っていく。親指と人さし指が、幾つかの管《くだ》をとらえた。苦しいと千代子は言ったが、なぜか抵抗はしなかった。どくどくと血が動いているのがわかる。そのリズムは、修司の股間の獣たちのリズムとそっくり同じだった。もう少し力を込めると、この血も自分の獣たちも爆発するはずであった……。

遠くで花火が鳴った。どんど焼きの祭りがどこかで行なわれていることを修司は思い出した。それをきっかけに彼は正気に戻った。手を離す。離したとたん、千代子の喉の血が踊り出したのがわかった。恐怖のあまり修司は走る。千代子に背を向けて走った。千代子は死んだのだろうか。あの時の血の動きは、もしかすると死後のものだったかもしれない。怒りと同じように、死というものも手加減出来るはずはないのだと思う。修司は全く眠れない夜を過ごした。

次の朝、神社ではなくかなり離れた道で千代子の死体が発見された。泥酔して眠り込み、そのまま凍死したのである。千代子が妊娠していたことは、新聞も警察も隠していたにもかかわらず、長いこと町の話題になった。そして修司は次の年、念願の名門高校に合格した。

夜話す女

水谷正子は息をころし、受話器の向こう側から聞こえてくる呼び出し音を聞いている。

一回、二回、三回……、この人を呼ぶ音というのは夜が更《ふ》けるにしたがって、次第に澄んだものになっていくようだ。もう少し、もう少しだ。

かちゃりという機械音がしたかと思うと、さらに冷たく強《こわ》ばった女の声がした。

「もしもし！」

けれども正子は答えない。自分の吐く息は思いの外大きく、送話器の穴の中に吸い込まれていく。が、何も心配することはなかった。正子の呼吸の音など相手に届くはずはないのだ。

「また、あんたね、ちょっといい加減にして頂戴《ちょうだい》よ、警察呼ぶわよ。今度かけてきたら」

正子はここで受話器を置く。熊沢章子《くまざわあきこ》の怒鳴《どな》り声を聞きさえすれば、正子はとりあえず今夜の目的は果たしたのである。

全く近所の女たちに、章子の今の声を聞かせてやりたいものだと思う。下品で荒々しくて彼女の本性丸出しではないか。それなのにまわりの者たちはみんな章子に騙《だま》されているのだ。正子はそれが口惜しくてたまらない。章子のことを考えると動悸《どうき》が速くなり、しきりに唾《つば》が出る。もしたったひとつ願いをかなえてやろうと神が言ったとしたら、正子は即座に答えるだろう。どうかあの女を、自分の目の前から消してほしい。正子の今の不幸と苛立《いらだ》ちのすべての原因は、あの女がつくり出しているのである。

そもそもあのイチョウの木を切った時から嫌な予感がした。真向かいの家の老主人が亡くなり、夫人の方は横浜の娘のところへ引越すことになったのだ。百三十坪ほどの邸は更地《さらち》になり、正子の目を楽しませてくれたイチョウの大木は、ある朝起きると跡かたもなく消えていた。更地は分割され、半分は駐車場になり、半分の土地に安っぽい建売り住宅が建った。白い窓枠の出窓に半地下のガレージと、土曜日の朝刊にはさまれてくるチラシの中の住宅そのものだ。

「奥さん、ああいう家が建つと困るよねえ」

雨戸を修理しに来てくれた工務店の男が言ったものだ。

「ああいう家がまわりに出来ると、このあたりの価値がいっぺんに下がっちゃいますよ。まあ、ご時世とはいえねえ。前のおうちは品がいい家だったけどなあ……」

正子の家は、高級住宅専門の工務店が建てたものだ。値段はとびきり高かったが、その替わり小さな修繕《しゅうぜん》も電話ひとつですぐに来てくれる。正子は綺麗好きな性分だったから、窓ガラスの汚れや曇《くも》りは我慢が出来ない。が、この工務店は、そちらの方も業者を派遣してくれるのだ。それほど気をつけ、金も遣い大切に手入れをしてきた家であるが、まわりの環境次第では価値が下がると工務店の男は言うのである。

「でもね、アパートやマンションだったら、住民が力を合わせて反対することも出来るけれどねえ、一軒家じゃねえ……」

正子はため息をついた。

この界隈は比較的新しい高級住宅地ということになっている。二十年ほど近く前に売り出された時は、一区画がどれも大きく、道幅も広くとってあった。あれから世の中も変わり、相続税が払えず、どこかへ引越したり、あるいは庭を売ったりしている家も何軒か見られるようになったが、運のいいことに正子の家のあるブロックは、そうたいした変化もなく端整な町並を保っていた。それがこのみっともない家の出現である。アーリーアメリカンを気取った灰色の外壁、玄関の小さな階段も正子の怒りを買った。こういう少女趣味の家を建てたいならば、もっと田舎《いなか》に住めばよいではないか。美意識など全くない若い夫婦がつくる、さまざまな色のさまざまな形の住宅が建ち並ぶあの町だ。よりにもよって正子が毎日きちんと掃除をし、窓を乾拭《からぶ》きしているこの家の真向いに引越してくることはないではないか。

しかしその家はあっという間に完成し、あっという間に引越しが行なわれた。若い非常識な夫婦を想像していたのであるが、トラックから降り立ってきたのは三十代半ばの夫婦である。ただし子どもは小さくて、小学校に入る前ぐらいの女の子が一人、しばらく乗用車の助手席に座らされていた。引越し荷物はそう多くない。おそらく夫の趣味であろうか、大きなオーディオ機器を、引越し会社の作業員が運び込んでいた。それをカーテンの隙間《すきま》から覗《のぞ》いていた正子は、早く女が挨拶《あいさつ》にやってこないだろうかと気がせいて仕方ない。女に会ったら言ってやりたいことが山のようにあるのだ。

「おたくの工事の車のせいで、うちの車、ガレージから出られないことが何度もあったのよ」

「このあいだ風が吹いた時に、おたくの工事場の砂が、うちの方にもろに吹きつけてきたのよ」

けれども午後になっても女は現れなかった。待ちくたびれた正子は夕方の買物に出たのであるが、どうやらその間に女はやってきたらしい。郵便受けの中に、小さなチョコレートの箱とメッセージカードが入っていた。

「お留守のようなので手紙で失礼します。お向かいに引越してまいりました熊沢邦彦と妻の章子です。どうぞよろしくお願いいたします」

そのメッセージカードには、小さなテディベアが描かれていた。その漫画は正子の考える礼儀やルールというものからまるではずれるものであった。そしてそれからすべてが始まったのである。

といっても憎しみというのは、正子にとって初めての感情ではない。若い頃夫の女性関係に気づいた時、それこそ胸に深い亀裂が走るような思いをしたものである。が、夫の方は老獪《ろうかい》な手段をあれこれ使い、ついに否定することで押し通してしまった。あの時正子は母に言われたものだ。

「男がうまく隠しおおせたら、その誠意と努力をかって一回ぐらい目をつぶってやりなさい」

その後、自分は何回目をつぶったことだろうかと正子は思う。そのうち目をつぶり見て見ないふりをすることに、それほどの苦痛も感じなくなった。なぜならば正子はある時から夫を愛することをやめてしまったからである。これは自分でも意外であった。独身時代の正子は、恋愛小説や映画を好む体温の熱い娘であったし、激しい恋を経て結婚した。自分でも決してドライな考え方が出来る女ではないと思っていたのであるが、夫を心の中から遠ざけていったのは、いわば生活の知恵というものかもしれなかった。

夫を愛情の対象、などと考えるから腹も立つし、口惜しいこともさまざま起こるのである。大切な息子たちの父親で、家族という構成上必要な人間、という意識を持ちさえすればよいのだ。愛していないからといって別れる理由もまるでない。夫は暴力を振るうこともなければ、ギャンブル、飲酒など一緒に生活するのには耐えられない悪癖はこれといって何もなかった。隠れて何かする分には、正子の自尊心は保たれるのである。それに正子は名のとおった企業の重役夫人として、世間から相応の扱いを受けていた。こうした特権を捨ててまで、得てみたい新しい人生が四十三歳の正子にあるはずなどなかった。

彼女はこの数年間、自分の場所を居心地よくすることに全精力を傾けてきた。子どもたちを一流と呼ばれる学校に合格させてからは、自分の家を飾り立てることを思い立った。フラワーアレンジメントや編物を習い始めたのもその頃である。やがてリビングルームで育てられた正子のエネルギーは家を飛び出し、町の通りに出た。近所は平均以上の暮らし向きの主婦が多い。年齢も若い者や年配者が少なく、四十代がほとんどだ。近所の仲のいい女たちを誘い、有名作家の講演会を聞きにいったり、音楽会へ出かけたりした。阪神大震災の時には皆と協力してバザーを開いた。ここで正子は自分の編んだセーターを出品したところ大変評判がよく、店に出しても売れると女たちは誉《ほ》めそやしたものだ。編物教室を始めたらどうか、それとも家の一角をつぶしてニットの店を開いたらどうかなどと、皆はさまざまな意見を出したものだが、それはいつの間にか消えてしまった。

が、正子はこの時のグループと今でも時々ランチを食べに行き、誰かの家に集まってお喋《しゃべ》りをする。熊沢章子は、こうした平穏な正子の生活の中に現れ、かき乱そうとしている闖入者《ちんにゅうしゃ》なのだ。しかも本人の自覚が全くないのだから始末に困る。

「ねえ、熊沢さんのご主人、お役人なんですってね」

その情報は左隣の早川君代《はやかわきみよ》の口からもたらされた。この町は神奈川県に位置しているが、全くの東京圏のマナーが浸みとおっている。つまり近所の人間のことをあれこれ詮索《せんさく》しないのがエレガントとされるのだ。けれども君代の口調には、あきらかに好奇心と羨望《せんぼう》がほの見える。彼女は熊沢家の主人が所属している一流官庁の名を告げた。

「今話題の、ばりばりのエリート官僚っていうわけよ」

「でもあのご主人、そんな風には見えなかったけれど……」

引越しの日のジーパン姿を思い出した。髪も今風で、官僚というよりも広告代理店勤務といった方が納得出来る風貌《ふうぼう》だ。

「あそこのご主人、なかなかカッコいいわね。この頃のお役人は着ているものもピシッとしていて、ひと昔前とは違うわよ」

まだ自分と言葉を交していない、あの行儀の悪い夫婦の正体が、想像していたよりもはるかに上等なことが正子は面白くなかった。それまでこの界隈でいちばんのエリートといったら、文句なしに正子の夫だったのである。

「でもどうしてお役人が、こんなところの一戸建てに住めるのかしら。悪いことでもしてるんじゃやない」

正子は意地の悪い口調にならぬよう注意をはらった。こうした時、口角の下がり始めた彼女の口元は苦笑いといった表情になる。

「きっとご主人のご実家がお金持ちなんじゃないかしらねえ……。ここに引越す前はウィーンに二年間いらしたんですって。ここしばらくは日本にいられそうだから家を買うことにしたって言ってたわ」

自分のところにはまだ一度もやってこないくせに、君代のところにはそんな打ち解けた話までしているのかと、正子は不愉快になってくる。熊沢章子とやっと言葉を交したのは、彼女が引越してから十日もたってからだ。時間を見はからって正子が生ゴミを出しに行くと、ちょうど向かいの家のドアが開いた。水色のセーターにチノパンツというういでたちの章子が出てくるところであった。

「お早ようございます」

彼女は正子に笑いかける。人が見たらまああの美人というかもしれないが、正子の視線はまず彼女の目尻の皺《しわ》と、少したるみ始めた顎の線をとらえた。やはり自分の勘はあたっている、三十六、七歳というところであろうか。

「あの、お留守の間にチョコレートとカードを置いていったと思うんですけど……」

「熊沢さんですね。水谷です、どうぞよろしく」

「あ、よろしくお願いします」

なんと言葉の足らない女だろうかと正子は呆れてしまった。こういう時は年下で新参者の方から、

「熊沢でございます。すっかりご挨拶が遅れて失礼いたしました」

とまずひと言あってしかるべきだ。これでよく官僚の妻をやっていられるものだと、正子は目の前の女の顔を眺める。手入れはされているらしく、皺こそあるものの、肌理《きめ》の整った綺麗な肌だ。全く化粧をしていないにもかかわらず、頰の上のあたりが白く輝やいている。やっと年長者の落ち着きと貫禄を取り戻した正子は、口を開く。優し気ないい声が出た。

「今度熊沢さんの歓迎会でもやりましょうよ。このあたりはね、皆さんとっても仲がいいの。昼間料理を持ち寄ってパーティーをすることもあるわ。もちろんそういうのがわずらわしいっていう方もいるから、まあほどほどにしているけれども」

最後の方は嫌味というものであったが、章子には全く通じていないようであった。

まあありがとうございますと、白い歯を見せた。

「私、今まで海外にいたものですから。あちらは日本人同士固まって、とっても仲がいいんです。住んでた頃は、ちょっとわずらわしいなあなんて思ったりしたこともあったんですけど、日本に帰ってから何か淋しくなっているんですよ」

よく喋る女だなどと思いながら、正子は女が左手に下げた白いポリ袋に目がいった。不格好につき出たものがある。中に硬度のあるものを入れているからに違いない。

「今日は生ゴミの日で、ポリ容器は捨てられないのよ」

喉まで出かかった言葉を抑えるのに正子は骨を折った。その後も正子は何度、息を止めるように言葉を胸の奥に押し返しただろうか。出るべきものを無理に戻しているうちに、内部で蠢《うごめ》くものが出てくる。それは舌うちやため息を栄養にしてどんどん育っていく。それは正子が久しぶりに味わう混ざり気なしの憎しみというものであった。


結局、章子の歓迎パーティーをすっぽかした。パーティーといっても、簡単なひと皿を持ち寄って誰かの家で昼食をとるぐらいである。このあたりは料理自慢の女が多く、東京や横浜のクッキング教室に通っている者も何人かいるほどだ。パイを焼いてきたり、ちらし鮨《ずし》をつくったりと、なかなか凝ったものを持ってくる。そんな中にあっても、章子のつくったプチ・シュークリームは皆が驚くようなものだったという。

「ウィーンとは関係ないって笑ってたけど、よく膨らんでおいしくって、まるでお店で売っていたものみたいだったわ」

君代は四十四歳であるが、北の方のかすかな訛《なま》りがのんびりと少女じみた印象をもたらす。今も無邪気においしい菓子の話を正子に告げるのである。

「そう、そう、章子さんは水谷さんと同じ大学を出ているのよ」

「何ですって」

声が鋭くなったのが自分でもわかる。正子の時代、まだ四年制の大学を出る女は少なかった。このあたりの女たちもほとんどが短大で、四年制卒というのはあまりいない。君代の場合は大学卒であるが、地方の聞いたこともない県立の女子大である。そこへいくと正子の卒業した大学は誰でも知っている。優秀でしかも良家の子女が集まることで定評があるところだ。その女子大の名は、この地における正子の地位を確立する大きな要素である。それほどあちこちに散らばっているものとは思えなかった。

「そうよ、誰かがお勤めの話を聞いたのよ。熊沢さんは結婚前にどこかへ勤めてたの、って聞いたらね、あそこの女子大の短大を出て、すぐにお勤めしたって……」

「ああ、短大ね」

君代はこういうところに無神経過ぎると正子は腹が立つ。同じ女子大の名を冠しても、四年制と短大はまるで違うものだ。正子の時代から、あそこは花嫁学校の趣《おもむき》が強かった。高校だけの学歴ではどうも、という学生が入ってきて、偏差値も比較にならないほど低い。それなのにどうして自分があの女と一緒にされるのであろうか。

「でも最初の会社はすぐに辞めたって言ってたわ。それから官庁にアルバイトに行ったんですって。そこでご主人と知り合ったって言ってたわね。その後また別の会社に勤めて、結婚するまで五年もかかったって笑ってたけど」

なるほどいかにもあの女らしいと正子は思った。正子の年の離れた従姉《いとこ》の娘は、女子大の四年生である。今年も就職がむずかしいので、ってを探して官庁のアルバイトにもぐり込むつもりだと語ったことがある。

「あそこは私たちの人気のバイトなのよ。だって独身のエリートがいっぱいいるんですもの。あの人たちって勉強ばっかりしていて、女の子には慣れていない人が多いの。うまくやれば一生安泰の就職先よね、なんて私たちは言ってるの」

おそらくかつて章子もそうした女のひとりだったに違いない。いかにも狡《ずる》そうで、したたかそうな顔をしていたではないか。ああいう女たちはひと目でよくわかる。

昔、ダンスパーティーというのがよく開かれた。大学生たちの出会いの場所である。有名大学や医大のパーティーとなると、よく顔を見せる女たちのグループがあった。三流の女子大や短大に通う彼女たちは、幾分落ち着かない風であったが、黒くよく光る目を男の子たちの方に向けていた。声をかけられた時に、すぐ微笑《ほほえ》むことが出来るように、唇はいつも緩めていた女たち。思い出した、章子はまさにあの中のひとりだった。素敵な人生に横入りしようと、いつも狙っている女そのものなのである。しかし目の前に住んでいるのだから、嫌でも章子の姿はしょっちゅう目に入ってくる。そのたび何と若づくりをしているのかと正子はあきれた。スカートなどめったにはいていない。たいていはパンツ姿にセーター、ブラウスといったいでたちである。髪をひとつに三つ編みしていることもあったし、デニムのエプロンをしていることもあった。こういう少女じみた格好をしている女こそ、実はしたたかだということを正子はよく知っている。自分はいつまでも純だということをわかりやすく説明しているのだ。相変わらずゴミの出し方はまるでなっていない。生ゴミの日でも、章子の出すポリ袋はあちこちがとがっているのだ。

正子はある日思い切って声をかけてみた。

「ねえ、熊沢さん、今日は生ゴミの日じゃないの。ポリ容器とか缶とかは捨てられないのよ」

「えー、私、缶なんか捨ててませんよ」

章子は驚いたように目を丸くする。なんと図々しい女だろうか、目の前に証拠があるではないかと正子は怒鳴りたい衝動を抑えるのに苦労した。

「だってその袋、ポリ容器や缶が透けて見えてるじゃないの。あのね、この町は清掃局がとってもうるさいのよ。注意を受けたら皆が迷惑するのよ」

「ああ、これですか」

章子はめんどうくさそうに、ポリ袋の結び目を解いた。茶殻や野菜クズに混じって茶色の紅茶缶が見えた。しかし光沢が金属のものとはやや違っている。

「これ、紙製ですよ。ほら、よく見てくださいよ」

章子は缶を取り出そうとする。ぷんと鼻をつくにおいがした。癇性《かんしょう》の正子にとって、他人の家の塵芥《じんかい》のにおいなどとても耐えられるものではなかった。

「あ、わかった。結構よ、結構よ」

あわてて手を振った。

「でもね、熊沢さん、こういう紙の缶や箱も、このあたりじゃちゃんと潰《つぶ》して出すことにしているのよ」

「わかりました……」

その時、章子の唇にうっすらとした微笑が漂うのを正子は見た。もちろん温かいものでない。蔑笑《べっしょう》というものである。

「でも水谷さんも大変ですね。こうして近所のポリ袋の中身、ちゃんと点検なさるんですものね」

章子はどうやら手づくりの菓子を近所に配っているらしい。それは玄人《くろうと》はだしといってもよい出来栄えで、このあいだ貰ったフルーツケーキなどはとてもおいしかったと君代は言う。

「章子さんは大学で食物科を専攻したんですって」

大学ではない、短大だ。しかもあそこの食物科などいちばん偏差値が低かったのだと、正子は叫びたい気持ちをぐっとこらえた。

「ウィーンに住んでた時にも、お菓子を先生について習ってたらしいわ。だからあんなに上手《うま》くつくるのよねえ……」

君代はいつのまにか熊沢さんではなく、章子さんと呼び始めている。他の近所の女たちもそうだ。姓ではなく、名前で呼ばれ始めたらその主婦は人気を勝ち得たということになる。どうやら章子は甘い菓子をもって女たちを懐柔し始めたらしい。しかし正子のところには、パイのひと切れもクッキーひとつも届けられなかった。確かに正子は、章子の出る集まりを避けている。従って親しく話したこともない。それでいてその後も何回か、生ゴミの出し方について注意した。だからといって、正子を除《の》け者にしようとするのは何と子どもじみた報復というものだろうか。

「私たち章子さんのうちで、週に一回お菓子づくりを習おうかなんて言っているの。よかったら水谷さんも一緒に行かない」

「いいえ結構よ」

正子はそっけなく言った。

「うちは男の子ばっかりだし、主人も甘いものが好きじゃないの。だからお菓子をつくっても仕方ないのよ」

女たちの心変わりに正子は歯ぎしりしたいような思いになる。ほんの二年前、バザーをした時のことだ。正子の編んだセーターを皆で誉めそやした。これだったら高く売れる、いっそのことお店を出したらどう。それが駄目だったら私たちのために、編物教室を開いて頂戴よ……。その正子のニットの人気は、いつのまにか章子の菓子にとってかわられてしまったようなのである。

「おい、何を見てるんだよ」

振り向くと夫の修司であった。洗面所で髭《ひげ》を剃《そ》っているとばかり思っていたのに、いつのまにか真後ろでネクタイを締め上げている。ダイニングキッチンの小窓から、正子は向かいの家を覗いているところであった。この窓から道路と向かいの家の玄関がよく見えるのだ。

「向かいの奥さん、とってもだらしないのよ。信じられないぐらいにね」

　正子は夫に訴えた。

「生ゴミの汁をぽたぽた落としながら持ってくるのよ。おまけに何度言っても紙の箱は潰さない。あれじゃお掃除の当番の人が大変なのよ……」

「そんなこと、どうだっていいだろう」

　修司は顔をしかめた。剃り上がったばかりの頰は、かすかな赤みを持ってぬれぬれとしている。コロンのにおいもした。今日は土曜日だというのにいったいどこへ行くのだろう。ゴルフがない時にも、たいてい修司はどこかへ出かける。その理由をもう正子は問わないことにしていた。以前は、お得意に誘われて絵を見に行くのだ、仲のいい飲み仲間の新築祝いに呼ばれているのだなどと、夫はさまざまなことを口にした。そういうことを聞くからこそ疑う気持ちがわく。黙って送り出してやれば正子の気分は晴れることはないまでも、少なくとも滅入《めい》ったりはしない。

「お前、何だかおかしいぞ。口を開くと向かいの奥さんの悪口ばっかりじゃないか。このあいだ道で出会って挨拶したけれど、とても感じのいい人だったぞ」

　あの女のいつもの手だと正子は思った。自分にとって利用出来そうな人間、特に男に対しては愛想がよいのだ。にっこりと頭を下げられてやに下がっている夫の顔が見えるような気がした。

それにしてもあの女は、どうして修司が女にだらしないことを知っているのであろうか。もしかすると彼女も、正子の家に関して情報を集めているのではないだろうか。きっとそうだ。あの女ならやりかねない。自分はゴミの出し方について親切に注意してやったつもりなのであるが、あの女は逆恨みをしているのだ。そうでなかったら、どうして自分の家だけ菓子を配らないなどということがあるのだろうか。

「お前がそのカーテンから覗いている姿見せてやりたいよ。すごい目つきで、オレでさえぞっとしちゃったよ」

修司は乱暴な言葉を言い残して上着に手をかける。夫はいつもそうだ。さっさと家を出る癖にその際、悪臭のようなものを家の中に置いていくことを忘れない。それに対して鈍感になるのに正子はかなりの努力を要した。それは夫を愛さないようになるよりもはるかにむずかしかった。

夫が玄関から出ていった音を聞き、正子は裏口のドアを開ける。昨夜のうちに用意していたポリ袋を持った。生ゴミは十分に水切りをしてある。紙箱はすべて潰して紐《ひも》でまとめてある。正子の家から出されるゴミ袋はどこよりも清潔でコンパクトだ。

ドアを開けたとたん、さっと横切る影が見えた。このへんに住みついている野良猫である。エサをやる者がいるものだから、非常に厚かましくなって、こうして家の前までうろつくのだ。

「しっ、しっ、あっちへ行け」

正子はこぶしを振り上げ、空のこぶしで何かを投げつけるふりをした。が、猫はそれを知っているのかあわてる様子もなく、薄汚れた尻をこちらに向け遠ざかっていく。やがて低めにつくってある塀の上をぴょんと飛んだ。その下に女の子が立っている。向かいの家のひとり娘だ。どうやら猫を見ようと道を渡ってきたらしい。幼稚園に出かけるところなのだろう、ブルーの上っぱりを着ている。大きな目を見開き、口元を少し〝へ〟の字に曲げている様子は可愛らしかった。この子の母親は大嫌いだが、子どもは別だ。正子は仕方なく愛想笑いをうかべた。

「猫……、好きなの？」

「いけないって」

〝へ〟の字が突然ぐいと水平になった。

「ママがいけないって。あそこのおばさんはおかしな人だから、お話ししちゃいけないって」

パタパタと走っていく音を正子はぼんやりと聞いた。手からぱたりと、正子自慢のポリ袋が落ちる。怒りで頭が真白になるということを初めて正子は経験した。

その夜正子は向かいの家の電話番号を押した。まだ章子の夫は帰ってはいない。けれども夜の闇と静けさは充分に深くなっている、そんな時間だ。

一回めはすぐに切った。二回めはもう少し長く待ってみる。

「いやだ、またいたずら電話」

いまいまし気につぶやく声は、本当に下品であった。四度めには「このヤロー」とさえ言った。正子はそれを聞いて勝ち誇った気分になる。

あれは何年前になるだろうか。やっとつきとめた夫の愛人の部屋に、こんな風に電話をしたことがある。あの時の女の声にそっくりだ。

やはりそうだ。章子は自分を苦しめるために時々送り込まれてくるあの種の女なのである。五度めをかける。今度はしばらく切らないつもりだ。

祈り

早川君代は食器を集めるのが趣味である。和物はこれといったものは持っていないが、ヨーロッパの茶碗のコレクションは、確かに自慢する価値はあった。リモージュ、ウェッジウッド、ロイヤルコペンハーゲン、といった有名ブランドのコーヒー茶碗が六客揃《そろ》っているのである。この他、形が気に入って買った一客だけの茶碗もかなりの数にのぼる。

君代は今まで二回ほどヨーロッパ旅行をしたことがあり、茶碗はその時に集めたものだ。ごくたまにであるが、損害保険会社に勤める夫の光《ひかる》も、海外出張の折に一客ぐらいは買ってきてくれることもある。その愛らしい苺《いちご》模様の紅茶茶碗は、夫の土産《みやげ》で君代がとても気に入っているものだ。どこにも出かけない午後、君代は自分ひとりのために紅茶を淹《い》れる。不本意ではあるが、この時はティーバッグを使う。中元や歳暮で、なぜだかわからぬがよく紅茶のティーバッグをくれるのである。夫の光は、このティーバッグの紅茶を決して飲まない。薄い奇妙な味がするというのだ。ひとり娘の祐子《ゆうこ》はコーヒー党であったから、このティーバッグを君代がせっせと飲まなければならないのだ。

その替わり、きちんとミルクの壺《つぼ》や、銀製の匙《さじ》を添えた。最近君代のこのティータイムは、とても豊かなものになっている。なぜならば近くに引越してきた熊沢章子が、しょっちゅうケーキやクッキーを焼いてきてくれるからだ。夫がウィーンに赴任《ふにん》していた折、向こうで習っていたという章子のつくる菓子は、どれも本職はだしだ。特にチョコレートケーキのうまさときたら、甘いものが苦手な夫でさえ、二切れ、三切れと手を伸ばす。

君代は娘時代からあまり太る体質ではなく、そう心配なく甘いものを楽しめるのであるが、気になるのは章子があまりにも頻繁に菓子を届けてくれることだ。どこか意地になっているようなところがある。近所の女たちが噂するのは、向かいに住む水谷正子への対抗意識からだということだ。正子への嫌悪のあまり、まわりの女たちを味方につけておきたいための菓子配りだという。

君代も正直言って、正子が苦手である。特にこの一、二年、正子の顔は驚くほど変わった。以前あった良家の奥さんらしいやわらかさが消え、頬骨のあたりに険しいものが宿るようになった。それに従い、こちらの言葉にやたら鋭く反応するのも前にはなかったことである。彼女も新参者の章子のことを嫌っているようで、彼女が顔を出す誰かの家の居間でのお茶会は、必ず欠席していた。

が、そんな主婦同士の小さな係争や軋轢《あつれき》は、どこの町でもあることであろう。君代はおとなしく、人のよい女ということになっているから、誰の敵になることもないはずである。漁夫の利というにはあまりにもささやかなものであるが、おかげで君代の元には週に一度か二度、焼きたての菓子が届けられる。噂話が立つところを避け、こうしてひとりで菓子を食べ、茶をすするのがこの界隈におけるいちばん賢こい処世術であるはずであった。しかもそれは君代に確かな満足感と幸福を与えてくれる。夫がプレゼントしてくれた苺模様のティーカップは、もう八年たつのに色褪《いろあ》せることもなかったし、チョコレートケーキも大層おいしかった。ただひとつ紅茶の不味《まず》さを除けば、君代はいつもどおりの満ち足りた時間を過ごしていたのである。

だから君代はつい油断していた。不吉な電話というのは真夜中に鳴るもので、こんな気持ちよい春の午後、紅茶の湯気の中で聞くものだと思ってなかったのである。

「はい、早川ですけど」

「もしもし、おれだ……」

兄の声は、まわりにいる男たち、たとえば夫や夫の兄弟、舅《しゅうと》、夫の友人たちとまるで違っていた。それは兄の東北弁の重さのためではなかった。春でも夏でも、兄の電話の向こうからは雪の降っている音が聞こえてくるようであった。それが都会の軽快な背景からかけてくる男たちとまるで違っているのだ。

「君代、お前、帰ってこれねがなあ……」

「お母さん、そんなに悪いの……」

「ああ、医者は今日、明日っていうごどはないって言ってるども、なにしろ年だがらなあ」

君代の母は今年七十三歳になる。君代は二十九歳の時の子どもで、兄とは八歳の差がある。昨年の夏頃から、母は体調の悪さを訴えていたのであるが、病院に行ったところ胃に悪性の腫瘍《しゆよう》が見つかった。老人性の癌《がん》は進行が遅いということで、手術もせず化学的治療を施していたのであるが、それによって母の体力はすっかり衰えてしまったのである。持病の心臓も急に悪化し、結局そのままずっと入院ということになってしまったのだ。

「それに佳子《よしこ》もはあ、ずうっと看病で疲れ出でるで、可哀想でなあ……」

佳子というのは、兄の妻である。これはあきらかに非難というものであった。正月に帰省して以来、君代はたまに電話をするぐらいなのである。

「私もね、そりゃあいろいろ気にはなってるんだけど、なにしろ忙しいのよ。うちの人も帰りは遅いし、自分じゃ何も出来ね人だがら」

弁解がましいことを口にしたら、とたんに故郷の言葉になった自分がなんとも腹立たしい。兄嫁にばかり母の看病を押しつけている自分の非は重々承知しているが、それでも身内からこう切り出されると気分の悪いものである。

「本当にお義姉《ねえ》さんには悪いと思ってるんだよ。だども私もねえ、嫁いだ身の上だから、あんまり勝手なことも出来ねしな」

さっきまでCDを聞きながら、リモージュの皿で菓子を食べていた君代は、東北の田舎の論理を振りかざす。

「でもね、もうじき祐子も春休みだがら、そうしたら留守番させてそっちへも長ぐ行ごがど思ってたんだども」

「その祐子ちゃんだけど、こっちに手伝いに来させるわげにはいがねがな。うちは男ばっかりだがら、何の手助けにもならねけど、祐子ちゃんだば孫娘の看病で、ばあちゃんも嬉《うれ》しいべ」

「そんな、祐子なんかなんの手伝いにもなんねよ」

君代は必死だ。大学一年生の祐子は、毎日が楽しくてたまらないという年頃で、クラブだ、飲み会だといってどこかに出かけている。頭は若い頃の君代ほどではなかったが、受験勉強の甲斐《かい》あってまあまあの大学へ入った。容姿もこれは若い頃の君代そっくりだと言う人がいたが、母親から見て娘の方がはるかに美しいと思う。たえず体型に気をつけているから、ほっそりとした体に両の乳房がぐいと突き出している。肌も綺麗《きれい》で化粧もうまい。安物を上手に組み合わせて、まるでファッション雑誌から抜け出してきたような格好をする。この都会育ちの娘に、七十の老婆の下《しも》の世話をしろなどと言ったら、それこそ泣き出してしまうに違いない。娘だけにはそんなことをさせてなるものかと君代は思う。祐子をこんな風に普通の明るい娘にするために、人に言えない苦労があったのだ。

「兄ちゃん、祐子なんか何の役に立つもんでねや。あんなのが行っても足手まといになるだけだ」

「んだがな……」

兄が受話器の向こう側で、必死に言葉を探しているのがわかる。

「そりゃオレは長男だし、お前は嫁に行った身の上だがらな、あんまり強いごとも言えねけど。んだどもう佳子が限界でなあ。あいつも血圧が高いから、あんまり無理は出来ね。それよりもばあちゃんが可哀想だ」

寡黙《かもく》な兄がここまで言うのは、よっぽどのことだろうと君代は思った。おそらく兄嫁に言われたとおりのことを君代に伝えているのだろう。時々一本調子な口調になるが、それが兄の困惑をよく伝えているようであった。

友人たちからさんざん聞かされてきたが、ついに自分にもその日がやってきたらしい。親の看病のために、それまでの安逸な日々ががらがらと崩れ去る日がだ。今まで目をそらそうとしていたが、もうそれは許されないらしい。君代は覚悟を決める。

「わがった。うちの人ど相談して来週にでも行くがら」

「ああ、今度は長ぐこれるようにしてけれな」

「わがった。何とか頼んでみるたいに」

受話器を置いたとたん、どっと疲れが押し寄せてきた。茶碗に手を伸ばしたが、紅茶はすっかり冷えていた。そう長く話したつもりはないのに本当に不思議だ。故郷の兄と話す時はいつもそうだ。

東北新幹線の指定席に乗った。盛岡で乗り替え、単線で一時間半かかる。新幹線が通る前、東京へ出るのは八時間以上かかったものだ。君代が上京した二十二年前、もちろん新幹線などなかったから、ほぼ一日がかりで列車に揺られてきた。といって

東京の四年制の大学へ進む女の子などいなかったからである。短大なら東京へやって
へ行くことを勧めてくれたが、それは最初から諦《あきら》めていた。まわりを見わたしても、
ていたわけでもない。それなのに君代はよく机に向かった。高校の教師は東京の大学
る。勉強をしろとうるさく言われたわけでもないし、優等生になるための環境が整っ
いう学歴であったし、兄は県立の中でもいちばん入りやすかった商業高校を選んでい
小学校時代から君代は常にトップの成績をとっていた。両親は共に高等小学校卒と
あろう。けれども君代はほんの少しずつそのコースからずれていくことになる。
あのままだったら、君代は高校を出た後、地元の信用金庫にでも勤めていたことで
のであった。
しいかもしれぬ。が、昭和三十年代、四十年代の地方の子どもたちはみんなこんなも
なおんなじ様に貧乏であったから、みじめに感じることもなかった、といった方が正
いう家庭環境であった。よく考えてみると、あの町は医師と大きな肥料屋以外は、み
君代の家は雑貨屋を兼ねた農家で、そう貧しくもないが、裕福というのでもないと
卒業し、東京の一流企業に就職が決まっているという、非常に恵まれた立場だった。
京に憧《あこが》れ、同時に怯《おび》えている小娘でもなかった。それどころか、大学を優秀な成績で
も、君代はまだ当時存在していた集団就職のグループに入っていたわけでもない。東

もいいと両親は言ったが、それは断わり、東北大学と滑《すべ》り止めに新設の県立女子大を受けた。東北大の方は落ちたが、県立の女子大の方は受かり、自宅から通うことになった。しかし君代にとって運のいいことに、この出来たばかりの女子大の知名度を上げるために、学校側は就職活動に力を入れ始めたのだ。そして東京の幾つかの一流企業にわたりをつけ、そこに成績のよい学生を送り込むことに成功した。

　もともと君代はそう野心的な人間ではない。どんなことをしても、この町を脱出したい、もっといい生活をしてみたいという願望があったわけでもなかった。なにしろもっといい生活というのが、具体的にどういうことか君代はほとんど想像もつかなかったし、自分の今の生活は、ごく普通のどちらかというと恵まれた方に入るのではないかとさえ思っていたからである。

　自分の強い意志ではなく、まわりに押し出されるようにして、君代は東京にやってきた。会社でも君代は、東北人らしい真面目さと素朴さで評判を博した。ごく平凡な容姿を持つつつましい娘は、やがて職場の青年と恋愛をし、二年後に結ばれる。それが今の夫である。

　光は人柄、学歴共に申し分なく、いくらかの資産を持つ家の息子であった。父親に援助してもらい、ここに土地と家を買ったのは十年前のことである。バブル景気が始まる前であったから、まだ値段は平静さを保っていたというものの、君代は三十代前半で一戸建ての主婦になったということになる。

君代が自分の幸福を空怖しく感じるようになったのは、この頃からだと言ってもよい。まだ小学生だった祐子を連れて実家へ帰る、すると彼女は早く家に帰りたいとせがんだものだ。

「ママー、おトイレが臭くって暗いの」

兄は家業の雑貨屋を継いだものの、町に出来たスーパーに押され、儲《もう》けることなどとうに諦めたようである。その頃は父も亡くなっていたから、畑の方は、母と兄夫婦がほそぼそと続けている状態で、家の新築や改築など考えもしなかったのであろう。町でもほとんどの家が水洗になっていたが、実家の便所は汲み取り式である。風呂だけはとうにユニット式に変えていたが、それでも都会の家の快適さと比べものにはならない。

その頃の君代には、まだ嫌悪というものは生まれてはいなかった。もし生まれるとしたら、婚約の時にそれはあってもおかしくなかった。けれども結納の日、振袖姿の君代は無邪気に、古くてそう大きくはない実家や、純朴な家族を紹介し、それは光の両親をいたく感動させたものだ。外見を取り繕《つくろ》うことばかり考えている都会の娘たちに比べ、君代の行動は本当に新鮮に映ったようなのである。

三十代になったばかりの君代は、振袖の日からそう変化がなかった。だから娘にこう諭《さと》したものである。

「ユーちゃん、そういうことを言っちゃダメ。ママはこのおうちで育ったのよ。だからそういうことを言うことは、おばあちゃんや、おじちゃんやママを馬鹿にしたことになるの。わかるわね」

確かにあの時の君代に嫌悪などなかった。ただ不思議さがあっただけである。久しぶりに同級生たちに会う。彼女たちはたいてい農家の妻である。北国の女たちだから、そう陽《ひ》にも灼《や》けず肌も白い。けれども皺《しわ》やたるみはどうしようもなく、着ているものの野暮ったさが、彼女たちをずっと老けさせている。みな姑《しゅうとめ》の問題で悩み、政府の減反政策に腹をたてていた。君代に東京の話をしてくれとねだる彼女たちは、おそらくこの土地を離れず、この土地で死んでいくはずであった。君代はといえば、そう高価ではないものの、東京のデパートで買ったワンピースに身を包んでいる。都心の美容院でカットしてもらっている髪は、若々しくてとても格好がよい。夫とヨーロッパ旅行をしたこともあるし、週末にはワインを飲む習慣もある。娘が通っているのは私立のミッションスクールで、家には父方の祖父母が買ってくれたピアノが置いてある。

そして君代は突然誰かに問うてみたい気持ちになったのである。

「私とこの人たちとは、いったい何が違っていたんだろうか」

それは運命のちょっとしたずれ、といったものではなかろうか。同級生の中には、君代よりもずっと美しい女たちが何人もいた。

「君代ちゃんは昔から頭がよかったから」

と皆は口々に言うけれど、自分が高い目的意識を持っていたとも思えないのである。大学を出て就職する時に、

「やはり地元に残って、こちらで就職しろ」

と両親に言われたら、君代はそれに従っていたような気がする。よくドラマや小説に出てくる主人公のように、泣いて親に反抗し、家出してまで東京へ行くというようなことはなかったはずだ。それなのに君代の場合、運命というものはそう劇的なかたちをとらず、ゆるやかな流れに身を変えて、君代をとてもよい場所に連れ出してくれたのである。

本当に自分は運がよかったのだ。気がついてみると、高給取りの優しい夫、可愛い娘、そして新築の一戸建てという皆が羨《うらや》む場所に座っていたのである。自分はこの運

のよさにつけ込んで、故郷やそこに住む人々を馬鹿にしてはいけないと君代は心に決めたものだ。

けれども君代の謙虚さもそこまでであった。中年になった君代は、自分の今の境遇を脅《おびや》かそうとするものを、少しずつ憎んでいるのである。

駅には甥《おい》の良一が迎えに来ていた。彼は今年二十八歳になるが、まだ結婚していない。農家の後継ぎという条件に加え、高校中退という学歴が縁談を失くしているのだと兄は言ったものだ。髪を少々赤く染めた彼は、君代を見るとよおと手を上げた。ここには来ていないが、彼の弟の邦男も似たりよったりといったところだ。ろくに挨拶《あいさつ》も出来ない甥たちを、夫に紹介するのが恥ずかしいと思い始めたのは、いったいいつ頃からであったろうか。光の甥や姪《めい》たちは、ごく当然のように大学から留学、一流企業に就職といった道を歩いているのである。

「迎え、悪かったね。タクシーで行ってもよかったのに」

「なんも、なんも。この駅、タクシーは五台ぐれしかねえがらな」

そうはいっても気のいい甥は、君代のボストンバッグをさっと持って後ろの座席に置く。

「あっ、叔母《おば》ちゃんの宅配便、もうちゃんと届いてたよ」

「悪いね。長期戦になるかもしれないと思って、着替えをたくさん入れたんだよ」

ふんふんと良一は顎《あご》で拍子を取るように聞いている。芸能人の誰かを真似しているのだろうか、父親に似て濃いもみ上げを長く伸ばした奇妙な髪型だ。この甥がもうちょっとまともであったら、今頃は嫁がいるはずである。その嫁が母の看病をしてくれれば、自分もこうして帰ることもなかったのだという自分勝手な考えがよぎるのは、来る間際の夫との小さな諍《いさか》いを思い出しているからだ。

君代がしばらく実家に帰ることを告げたとたん、光は不機嫌になった。理屈ではそうしなければいけないとわかっているし、

「お母さん、しっかり看病してこいよ」

などと優しい言葉をかけてくれたりもする一面もある。とはいうものの専業主婦の妻がしばらくいなくなることの不自由さは予想がついたようで、

「しばらくは祐子を早く帰すように」

などと君代に命じたのである。が、ずっと気儘《きまま》に育ってきた娘にそんなことが通じるはずもなく、

「イヤだあ、私が春の合宿に行くの知ってたでしょう。急に勝手なことを言わないでよ」

口をとがらせた祐子に、今度は夫が怒り出した。君代に向かってだ。どうやら躾《しつけ》が悪いということらしい。今朝も家を出る直前の君代に、夫は靴下の買い置きの場所がわからぬ、あのスーツがまだクリーニングから戻ってこない、などとさんざん文句を言ったものである。

病院に行く前から君代はすっかり疲れていた。今まで故郷というところは、自分を癒《いや》してくれるところだと思っていたが、中年になるとそれは間違いだということがわかる。老いて死んでいく親を見守り、手助けしてやるという役割が子どもたちに生じてくるが、それはひどくエネルギーが要《い》るものなのだ。四年前、荷物の運搬中に父は急死したから、今度の母の場合が君代にとっては初めての親の死の体験ということになる。

車はやがて実家の前に到着した。二年ほど前に兄はこの家を増築し、座敷と新しい台所をつくった。それは葬式を意識したものであると誰の目にもわかった。新たにつけ加えられた部屋だけは、モルタル壁がそこだけ変わっていて、元の家のみすぼらしさを際立たせる結果になってしまっている。兄はしばらくこの座敷を使うようにと言った後で、

「まだすぐに使うごどはねえど思うども……」

と口ごもる。母が死んだら遺体を病院から戻し、この部屋に安置させるという意味なのである。

「本当に大丈夫だよね。急にどうということはないんでしょう」

君代の問いに兄は答える。病院の医師が言うには、死がいつ訪れても不思議ではない状態なのであるが、昔の人間の体というのは驚くほど強靭《きょうじん》である、今になって思わぬ踏ん張りを見せているというのだ。

「ばあちゃんは若い頃、店の配達でリヤカーをひけば、その後で畑へ行って鍬《くわ》を持ってた。オレたちの五倍も六倍もかせいでだもんなあ」

兄の口調には、既に死者に対するような懐かしさが込められている。後に兄嫁の佳子から聞いた話であるが、前日兄は農協の預金から、当座の葬式費用として百万円ほどを引き出していたのだ。

今度は兄が運転して、二人で市立病院へと向かった。ここに来たのは正月以来だ。玄関前の花壇に、三色スミレが植えられていた。春の色に、伊豆へ合宿に行くという祐子を思い出した。それまでは父親のめんどうをみてくれと頼んでおいたが、あの子のことだからどこまでやってくれるかわからない。今さら言っても仕方ないことであるが、娘は確かに甘やかし過ぎた。小学校から私立へ進ませ、サラリーマンの娘としては分不相応のこともいろいろしてしまった。娘を育てるということは、母親の過去の修正である。いつのまにか君代は、「都会の恵まれたお嬢さん」として娘を育てることに熱中してしまったのだ。ということは、君代の心の中で娘のように生まれてきたかったという心が育ってきたということになる。

いま君代は、自分の過去をすべて凝縮したものをしみじみと眺《なが》めている。老いて病んだ母は、病院のベッドに横たわっていた。しばらく見ない間に、母の体の中で、死が着々と準備を進めているのがはっきりとわかる。兄が増築したり、預金を下ろしたりするのよりもはるかに確実な足取りでだ。

「ばあちゃん、君代さんだよ。君代さんが帰ってきたよ」

兄嫁の佳子が、耳元に口を寄せて小さく呼ぶと、母は小さく「ああ」とつぶやいた。

「薬でうつらうつらしてるけど、言ってるごどはちゃんとわかるよ」

君代は「お母さん、お母さん」と呼びかけたが、これには返事がなかった。

化学療法のせいか、母親の毛はかなり抜けて、生えぎわから頭の上の方にかけてはっきりと地肌が見える。自分を生んだ女が、これほどまでに醜《みにく》くてみすぼらしいことに、実はさっきから君代は驚いているのだ。横浜の姑も母と同じぐらいであるが、あちらはまだゴルフや海外旅行をするほどの元気さを持つ。それよりも髪を染めたり、グラデーション入りの眼鏡《めがね》をかけるしゃれっ気は、都会の恵まれた女が持つ老いの身だしなみというものであった。が、目の前の老婆には何もない。それなりに幸せな老後だと思っていたが、母親の生きてきたものは、寝顔や膨らんだ布団にすっかり現れていた。無知で働くことしか知らなかった女の人生である。シーツの上に投げ出された手は、どれも指の節が高くこわばっている。自分はこうした階層の女から生まれてきたのだと、君代はしみじみと思い知らされる。

不思議だ。自分は死の床にいる母を見たら、きっと悲しみのあまり胸がはり裂けそうになるだろうと思っていた。幼ない日のことや、死んだ父のことなどを思い出し、ベッドの傍で涙にかきくれるだろうと考えていた。それなのに自分は今、冷たく母親を見据《みす》えているのだ。君代は都会の自分の家にある、さまざまな美しいもののことを思い出している。リモージュの食器、ガラス棚の中に飾ってあるバカラのグラス、今でも祐子が時々弾くピアノ、そして仲のいいグループの女たち。みんな子どもに手がかからなくなった裕福な主婦たちだ。よく皆で連れ立ってコンサートや歌舞伎《かぶき》見物に出かける。彼女たちは君代の生い立ちを全く知らない。自分たちと同じように恵まれた家に育った、同じ世界の女と信じているのだ。彼女たちに、あの実家を見せたら何というだろう。この死にかけた母親を見せたら何と思うだろうか。おそらく意外な顔をするに違いない。

けれどもうじき何もかも終わるのだと君代は思う。あと少しで母親は息を引き取るはずなのだ。そうしたら自分は故郷と訣別出来るのである。人間というものは、みんな生まれた場所に醜い抜け殻を置き、ひらひらと蝶々になって東京へやってくる。そして時々はその抜け殻と対面しなくてはならなくなるのだ。が、親が死ぬ時は抜け殻も消えるのである。その時こそ人は、自分は最初から都会で生まれた蝶々のように振るまうことが出来るのである。だから何日かの辛抱は仕方ないことであった。

「お義姉さん、今日から替わりますから」

「よろしく頼むわよ」

佳子はぞんざいに言って立ち上がったが、頰のあたりに影があった。この半月というもの毎晩病室の簡易ベッドで寝ていたのだ。

「今夜は久しぶりでゆっくり眠れるよ。明日は私が泊まるけどね」

「すいません、しばらくは交替ってことで」

「あのね、三十分おきぐらいに、ばあちゃんの唇、ガーゼで拭《ぬぐ》ってやってその後湿らせてね」

それからと、佳子は床に置かれた尿瓶《しびん》を指さした。それは母の股間と一本の管によって繋《つな》がれているのだ。

「看護婦さんが、この尿の量計ってるのよ。トイレに行くと『田中テル』って名札のかかってるプラスチックの大きな甕《かめ》があるから、その中に空《あ》けてね。こぼさないように」

兄嫁はエプロンをはずしながら病室を出ていった。君代は母親の顔よりも、尿瓶を眺めていた。

早く帰りたい。これほど切実に都会へ帰りたいと思ったのは初めてである。あそこには君代の築き上げたものがある。そして本当の君代がいるのだ。この故郷にいた自分こそ仮の姿だったのである。けれどもそれもすべてけりがつく。母親が死ねば、もう自分はこの町に来ることもないだろう。

そして尿瓶の中の管が動き始めた。茶色の液体がゆっくりと底の方に貯まっていく。母の生命はまだかすかに呼吸しているらしい。

「だけどもうじきけりがつく」

母親の死を祈っている自分に君代は気づいた。何と怖しいことを自分は考えているのだろう。母親の延命でなく、死を願う娘にいつのまにか自分はなっているのである。あまりの浅ましさに少し泣こうかと思ったが涙は出てこない。ただ母が死んだ後、自分はこの夜のことを思い出し、どれほど苦しむだろうかと考えた。親の死を看《み》取《と》ることは、自覚しながら幾つかの罪をつくることだと君代は初めて知った。

小指

日曜日の朝、午前九時を少しまわった時に、早川祐子はその電話を受け取った。

「おばあちゃんね、とうとう駄目だったのよ」

母の君代の声は、悲痛に満ちているのでもなく、それを堪《こ》らえている風でもない。

この後に、

「昨夜は何を食べたの。お父さまに夕ごはんをつくってくれたの」

という問いがあってもそう不自然ではない、いつも通りの口調であった。

「さっき息をひきとったんだけどね、結構静かなものだったわ。お医者さんも、もう無理なことはやめましょうって、管もみんな取ってしまったのよ。みんないい死顔だって言ってたけど、やっぱり痩《や》せ過ぎだわ。祐子ちゃんが知ってるおばあちゃんとは、全く別の顔かもしれないわね」

電話を通して聞く母の声には、奇妙な彩《いろど》りがある。祐子が子どもの頃聞いた秋田のイントネーションだ。たった五日間の滞在のうちに、母は何かを脱ぎ捨てたのか、あるいは何かを取り戻したのだろうか。

「それで、祐子ちゃん、今ひとり」

「うん、お父さまはゴルフへ出かけたわね」

「仕方ないわねぇ、この何日かはうちに居てくれるように言っておいたのに」

「何でも前からの約束で、どうしても抜けられないんですって。その代わり何かあったらかけてくれって、一緒に行く人の携帯の電話番号を教えてくれたわ」

「そう、じゃそれを教えて頂戴。それでね、お葬式はあさってになりそうなの」

「私も行くのね」

「忙しかったら無理しなくてもいいのよ」

君代はなぜか大層優しい声を出した。

「祐子ちゃんはそんなに親しい孫じゃなかったし、秋田まで来るのは大変だわ。お父さまだけでいいと思っているの」

「わかったわ、私ももうじき合宿に行かなきゃいけないし、秋田まで行くのは大変かなあって思ってたとこなの」

「いいのよ、無理しなくたって。おばあちゃんが亡くなれば、秋田へ行くこともももうないでしょうから。年寄りの死で祐子ちゃんみたいな若い人が振りまわされることはないのよ」

電話を切った後、祐子は最後の言葉を反芻《はんすう》する。自分の母親ながら、冷たい言い方をするものだと思った。昔からそうだ、母親は自分の故郷をあまり大切にしない。祐子は子どもの時から、母親が秋田のことを懐かし気に話すのを聞いたことがないのだ。

高校生になりいくつかのことが見えてくるようになると、母の君代は「東京の主婦」になるために、なんと多くの努力をはらっているのかわかるようになってきた。地方出身の女が、二十二年の年月をかけ理想どおりの家をつくろうとしてきたのだ。

その一生懸命さを嫌悪する気はないが、面映《おもは》ゆさは何度も感じてきたものだ。「お父さま」、「お母さま」という呼び方もそのひとつである。小学校から高校まで祐子が学んだミッションスクールは、金持ちの娘が多かった。一流企業でまあまあの地位にいる父を持つ祐子は、どうみても中の上というところであろうか。「お父さま」「お母さま」という言葉を使うのは、あるゾーンから上の人たちでなければならない。しかもそう嫌みではないスノッブな家風が必要であった。祐子の家はそのどちらでもない。それでも母の君代は、祐子に甘ったるい呼び方を強《し》いたのである。

が、死んだ祖母のことは「おばあさま」でも「おばあちゃやま」でもなく、単純な

「おばあちゃん」であった。その「おばあちゃん」が亡くなることによって、母親はさらに心を込めて夫のことを「お父さま」と呼びかけるような気がする。

しかし秋田へ行かなくなったことで、祐子は気分が晴れやかになった。亡くなった祖母には悪いが、田舎《いなか》の従兄《いとこ》たちと違ってそう可愛がってもらった記憶がない。中学生ぐらいになると、彼らと便所や風呂を共にする田舎行きが苦痛で仕方なかったものだ。葬式となると、どうしても秋田の家に一泊しなくてはならないだろう。伯父《おじ》夫婦はそう悪い人たちではないが、田舎の勝手の悪い家に泊まるかと思うとぞっとする。それはどうやら父親も同じだったらしく、ゴルフ場から電話があり、

「ホテルをとることにしたよ」

と祐子に告げたものだ。プレイを途中で抜けるわけにはいかないが、終わり次第すぐに帰ってきて新幹線に乗るという。

「母さんとも話したんだが、友だちにでも来てもらったらどうだ。女の子がひとりで家にいると思うとどうも落ち着かない」

このあたりは大きな住宅が並び庭も広い。そのせいか空巣が案外多いのである。つい最近は母の君代とも仲のよい主婦が、しつこい悪戯《いたずら》電話の被害に遭《あ》っている。何でも信じられないほど頻繁《ひんぱん》に無言電話がかかるのだそうだ。父親もそのことを心配して

いるらしく、女友だちに泊まりに来てもらいなさいと盛んに勧める。

祐子は言った。

「大丈夫、心配ないよ。でももしかすると友だちのとこへ泊まりにいくかもしれない。その時はちゃんと連絡先言っておくから」

普通の女友だちならパジャマを着て、父親の酒棚からウイスキーやワインを取り出したりするかもしれない。けれども絵里《えり》はそうした行為がいちばん嫌いなはずである。

気むずかしくて神経質な絵里は、決して他人の家などに泊まらない。自分のパジャマ姿を人に見せるぐらいなら、裸を見せた方がずっとましとするだろう。そんな絵里は、いま祐子のいちばん大切な人なのである。

よく見ると祐子の小指は少し変形している。十五歳の時、ひもじさのあまり自分の左手の指をしゃぶり爪を噛《か》んだ。そのために四年たっても爪も指もかすかにゆがんでいるのである。

祐子の拒食症は中学校を卒業する時に始まった。その原因を、母の君代はダイエットをやり過ぎたことがきっかけだと言い張ったものだ。

「よくあることですよ。痩せようと思ったら、やり過ぎてしまって食べ物を受けつけなくなるって」

とにかく君代は「よくあること」と片づけようとしていたのを、原因はそんな母親にあるとカウンセラーは指摘したものである。一見恵まれた家庭のように見えるが、祐子が心の病いを抱えたからには、家庭に問題がないはずはない。両親の夫婦仲はどうなのか、母親が娘に対してあまりにも支配的ではないのかと、カウンセラーは細かい質問を重ね、君代はかなり腹を立てた。

あの頃のことは本当に思い出したくない。

毎日ほんのわずかなものしか口にしないようになった。鏡の中の祐子は見る見るうちに痩せていったが、そんな自分を美しいと思った。気分はやたら朗《ほが》らかになったかと思うと、反対にどうしようもないほど暗く落ち込んでしまったりする。そして時々、どうしようもないほどの飢餓《きが》に襲われ、祐子は爪を嚙み指をしゃぶった。それでも気をまぎらわすことが出来ないとわかると、冷蔵庫を開けハムや漬け物、カマボコといったものを口にする。そして満腹になった瞬間に、猛烈な自己嫌悪に襲われ祐子は吐き続けた。酸《す》っぱく生暖かいものが胃の奥から喉《のど》に走ってくると、祐子はやっと安堵《あんど》するのであった。

やがて入院ということになるかもしれないと医師もカウンセラーも言ったものだ。それなのに水際で祐子は立ち直り、何とか元の生活に戻ることが出来るようになった。これには幾つかの原因がある。

祐子の勝気さがいい方に向いたのだと、カウンセラーは言ったものだ。このままでは脱落者になってしまう、今ならクラスメイトたちは祐子の病いに気づいていない。高等部に進む春休みが終わる前に治りさえすれば、自分はまた元の幸福そうな高校生に戻ることが出来るのだ……。

後に祐子は拒食症に関する本を読むことがあったが、自分は比較的軽症だったということがわかった。そうでなければ、人と違う人生を歩みたくないという思案で、自分を立て直すことが出来るだろうか。多くの患者が、これが出来ずに苦しむのだ。幸いなことにこのことは、同級生に知られることもなく、祐子は再び屈託のない少女たちの群れに加わることが出来た。母の君代などは、祐子の発病をすっかり過去のこととし、

「あの時は大変だったわ」

とのんびりした風に言うだけになった。

けれども十五の時の病いは、祐子に多くのものを残している。大学に入ってから祐

子は三つのサークルに入った。そのうち二つは、社交を目的にしたもので、人気のある四つの大学で構成されている。毎週のようにコンパがあり、クリスマスや正月にはレストランを借り切ってパーティーを開いたりする。祐子はこのメンバーのひとりと初体験を済ませ、しばらくして彼と別れた。そしてまた別の男の子とつき合うことになったのであるが、同じサークル内でのパートナーチェンジはよくあることだ。非難されることは何ひとつない。

すっかり健康を取り戻した祐子は、ほっそりとした体つきはそのままで、胸だけがほどよく発達した。体の関係を持った二人の男の子たちも、そのことを褒《ほ》めそやしたものである。祐子はまたセンスがよいと言われ、洋服も髪型も垢《あか》ぬけていた。父親も祐子には甘く、母親の君代にいたっては、まるで見上げるようなもの言いをすることもあるほどだ。ボーイフレンドや友人たちとテニスやスキーに興じ、流行の店に食事に出かける。祐子の生活はまるで女子大生向けの雑誌に載せたいほど、楽し気で明るさに満ちていた。

そして祐子はいつも思う。自分は何てうまくやっているんだろうかと。

四年前の冬、カウンセリングを受けるために、毎週末ひとりで中央線の電車に乗った。低いビルや家々、そして都心よりはずっと澄んでいる空を眺めながらいつも思ったものだ。今、これを乗り切ったら、きっと私は華やかでお気楽な女子大生というものをやってみせる。そして誰にも本当の私を気づかれないようにするのだ。

ものを食べられないということは苦しい。痩せたあなたは、実は少しも美しくないのだということをさんざん諭され、祐子は食べものと向き合うことを強いられた。

祐子は赤ん坊のように、食べものを手にとりにおいを嗅《か》ぐ。嘗《な》めてみたり歯を立てたりすることもある。それまでは食べ物のにおいがしただけで吐き気がしたのであるが、やっとゆっくりと咀嚼《そしやく》することが出来るようになった。ママレードを塗ったトースト、熱いミルクティ、そしてハムの上にのせた半熟玉子。

「君が綺麗《きれい》だな、おいしそうだと思う食べ物からはじめてごらん。まず見た目が大切なんだ。うんと綺麗な食べ物をね」

カウンセラーは言ったものである。が、パンはざらついていて舌に痛い。やわらかいはずの半熟玉子も、呑み込む時に喉で嫌な音をたてる。

「でも我慢しなければ」

祐子は思った。

「私がいちばん恐れていたことは、みんなの中から浮き上がって、変わったコ、おかしなコ、と言われることじゃないか。食べなければ、いつか拒食症と人に言われるだろう。私はそれには耐えられない。だからどんなことをしてもものを食べる。そして普通の女の子になるのだ。普通の女の子をうまく演じて、人に絶対に気づかれないようにする。今はそのための試練なのだ」

その時、祐子にそのやり口を教えてくれたのが、十八歳の水上絵里であった。


絵里と知り合ったのは、東京郊外にある研究所であった。拒食症、過食症、登校拒否といった心に病いを持つ子どもたちがカウンセリングを受ける私立の機関である。この研究所では治療の一環として、ブラザーシステムというのをとっていた。

何歳か年上の同性が、それぞれ〝お兄さん〟、〝お姉さん〟となり、子どもたちの相談相手になっていくというシステムである。大人には決して心を開こうとはしない子どもたちも、三つ四つ歳上の者には、次第にうちとけていく。〝お兄さん〟と野球見物に行き始めてから、すっかり明るさを取り戻した男の子もいて、このシステムはかなりの効果をあげているとカウンセラーは説明したものだ。

カウンセラーは注意深く子どもたちを観察し、その感性に合った歳上の友人を紹介してくれるのであるが、その頃の祐子は絵に興味を持っていた。画集や色彩学の本を好んで読む祐子に、カウンセラーが選んでくれたのが絵里だ。彼女は八王子にある美大で、デザインを勉強していた。

研究所の一室に、絵里が現れた時のことを、祐子は今でもよく憶えている。黒のワンピースに、黒いダウンジャケットを羽織った背の高い娘であった。透きとおるような肌をしていて、口紅だけはぼってりと濃くひいていた。睫毛《まつげ》が驚くほど長く、最初はアイラインを上手《うま》くひいているのかと思ったがそうではなかった。

「こちらは水上絵里さんだよ」

「どうぞよろしくね」

絵里はにっこりと微笑《ほほえ》んだが、その愛想のよさが祐子に不安をもたらした。病気になってから、人のさしだす手、吐く息まで敏感になっている。彼女が心から笑っているわけではないとすぐにわかったからだ。

「祐子ちゃんは絵が好きだから、絵里さんはきっといい話相手になってくれるよ。今度二人で展覧会にでも行ってきたらどうだい」

「そうね、今、上野の美術館で世紀末ウィーン展をやっているのよ。よかったら一緒に見に行きましょうよ」

絵里の喋《しゃべ》り方は、祐子にさらに不信感をつのらせる。この女の人はどこか不自然だと直感でわかったからである。

研究所の帰り、二人で駅前のケーキショップに出かけたのであるが、席に着いたとたん絵里は口調ががらっと変わった。

「ねえ、私が時給いくら貰ってるか知ってる?」

「そんな……知りません」

「まさか私たちが、ボランティアでやってると思ってるわけじゃないでしょう。研究所のカウンセラーの人たちだって、あなたのお母さんからかなりの相談料を貰っているはずよ」

もちろん無料だと思ったこともないが、そんなことは考えたくもない問題であった。が、奇妙なことに金のことを知らされても全く嫌悪を感じない。

「あのね、カウンセラーの先生から聞いたと思うけれど、昔は私たちもあなたたちと同じだったのよ」

「そうですってね」

ブラザーシステムに参加する学生たちは、かつて心の病いを得、それを克服した者たちだとカウンセラーは言ったものだ。

「私はね、登校拒否だったのよ。あんまりひどいいじめに遭ってね、中学三年のはじめから学校へ行くのをやめたのよ」

ここで近づいてきたウェイトレスに、絵里は苺《いちご》のショートケーキを注文し、祐子にも同じものを頼むように言った。

「あなたも食べなさいよ。あのね、あなたと一緒の時に食べたものは、領収書貰って後からちゃんとあなたのお母さんに請求するようにしているからいいのよ」

「でも……」

「そうか、あなたはものを食べられないんだったわね」

絵里はウェイトレスにメニューを返しながら言った。

「このコはいいの。軽い拒食症なのよ。ケーキは私ひとりで食べる」

普通こんなことを人前で言われれば、怒りと屈辱のあまり、ただちに祐子は席を立ったに違いない。が、そんな気はまるで起きなかった。もっとこの女の話すさまを見たかった。そのためにはどんなことも我慢出来そうであった。

「中学で登校拒否って大変なのよ。高校卒業の検定も受けられないんですもの。勉強したくても、目の前の道が閉ざされてしまうようなもんよ」

「それでどうしたんですか」

「うちの親が学校側と交渉して、なんとか卒業証書を貰えるようにしたのよ。その後はかなり頑張って勉強したもの。あのね、登校拒否する子の知能指数は、普通の子に較べてずっと高いって言われているんだけれど、私に関しちゃあたっていると思うわ。大学も現役で受かったから」

「すごいですね」

やがてケーキが運ばれてきた。

「あなたも食べればいいのに。ここのケーキは有名なのよ」

そう言いながら、フォークでケーキの三角形の端を崩した。白と赤の断面図を、祐子はぼんやりと見つめた。食べ物をこれほど無心で眺めたのは久しぶりであった。

「私、あなたのお母さんにこのあいだ会ったわ」

彼女の前歯で、ぐしゃりと苺がつぶれていく。

「嫌な女だったわ。家の中であなた『お母さま』って呼ばせられているんでしょう。何様だろうって、私、おかしくなっちゃったわ。摂食障害の女の子って、たいてい母親とのことがネックになっているのよ。あなたの家はその典型よね」

「あの、一応母親なんですから、悪口言わないでください」

「そうよね。そんなこと言われたくないわよね」

絵里があっさりひき退《さ》がったので意外だった。もう何回か痛烈な皮肉を言われると思ったからだ。

「この後、どうする。本当に上野の美術館へ行きたい？　でもね、エゴン・シーレなんか私に言わせると、分裂症気味の画家が描いた春画みたいなものだと思うけどな」

「シュンガって何ですか」

「ポルノを上品に言っただけよ。うちの学校でもアルバイトで、おかしなイラスト描いたり、へんなヌード撮ったりしている人、いっぱいいるの」

結局その日は、美術館へ行くこともなく、ケーキショップで過ごした。次の日曜日は、絵里の方から来てくれ、祐子の家の近くの公園に出かけた。ここの池には貸ボート屋がある。乗ろうよと絵里は言い出した。

「でも私、ボートを漕いだことなんかない」

「平気よ。見よう見真似でぱしゃぱしゃやれば何とかなるから」

絵里はその日スカートをはいていて、ボートに乗り移ろうとした時、タイツにくるまれたふくらはぎがすっかり見えた。ほどよく筋肉がついた綺麗な線の足だと祐子は思った。

春まだ浅い時だったので、ボートを漕いでいる人は少ない。大学生のグループだろうか、二組の男女が二艘《そう》のボートに分かれ、きゃっきゃっと水をかけ合っている。

「あのね、私が見たところ、祐子ちゃんってまだ世の中、そんなにひねくれて考えてないでしょう」

「ひねくれて考えるってどういうことですか」

「まだ世の中に色気がたっぷりっていうことよ。完全なアウトローになるのは嫌なの。あのボートのカップルみたいに、大学生になって、お気楽に遊ぶのもいいかなあって考えてる」

「そんなこと、ないですよ」

「いいの、隠さなくたって。私もあなた側の人間だからよくわかるの。ねえ、私、あなたのために言うけど、今のままじゃかなり損だよ」

絵里がいささか身を乗り出したので、ボートは揺《ゆ》り籠《かご》のようにかすかに左右に揺れた。

「私ね、自分が学校行かなくなってつくづくわかったのよ。どうでもいいことはちゃんとやるべきだって。学歴や肩書きっていうのは、その人のことをすっぽり覆って隠してくれるわ。私たちみたいな人間にとって、そういうのってとても大切なのよ。もし私が今、大学生じゃなく、登校拒否のまま中学中退だとしたら、人は私のことを用心すると思うわ。そうしたら私は、やりたいことが出来なくなっちゃう。私はアウトローでもいいなんて考えるほど強くないから、普通の人たちにちゃんと混ざるって重だから食べることぐらい何よと、絵里は言った。

要なことなのよ」

「今どき拒食症なんて流行《はや》らないんだから、さっさと治しなさいよ。そうでなかったら、あなた一生、変人で終わってしまう。世の中の人を誤魔化すのなんて簡単なのよ、私たちみたいな――」

絵里は低い声でささやく。

「私たちみたいな人間は、とってもやりづらいの。だからうんとうまく、世間っていうものを誤魔化さなきゃいけないの。あなた、拒食症なんかやっている場合じゃないでしょう」

さっきから絵里が〝私たち〟と発言するたびに、祐子は嬉《うれ》しさのあまり目の縁が熱くなっているのだ。

今日の絵里は紺色のジャケットに、こげ茶色のスカートというでたちであった。白いTシャツの衿元に細いチェーンが光っている。

なんて綺麗な女なのだろうかと祐子は思う。最初に会った時よりも、二度めの方がずっといいというのは、本当に美人ということだ。ボートを漕いだせいで、頰《ほお》がうっすらと上気している。そして首の皮膚のなめらかさといったらどうだ。このあいだは見えなかった部分である。白く肌理《きめ》細かい肌は、胸の方まで続いているはずだ。Tシャツの衿縁上に小さな黒子《ほくろ》が見え隠れしている。

祐子はこの美しい女に名実共に「私たち」と呼ばれるために、ちゃんと学校へ行こうかなと考える。それが後で考えると好転のきっかけであった。やがて祐子は、量こそ少ないものの、食べ物をきちんと口にすることが出来るようになる。受験勉強も始め、祐子は絵里の言うとおり、

「普通の女の子たちの群れ」

の中にうまく紛《まぎ》れることが出来るようになった。絵里のアルバイトはそこで終わりとなったわけだが、その後も二人は会い続けた。

東京駅へ行くという父親に、祐子はおずおずと言った。

「ねえ、お母さまからあんまりいい話じゃないんですけど」

「何だよ」

「喪服用の草履《ぞうり》を忘れたから、お父さまに持ってきてもらうようにって」

父親がいささか不快そうにその紙袋を持って出ていった後、祐子は小さめのビニールのボストンバッグに自分の荷物を詰めた。下着や化粧品といった一泊の旅行に必要

なものだ。それを持って祐子は四谷へと向かった。バブルの前にさんざんあちこちに建てられた白いマンションのインターフォンを押す。

「私です」

「はい、どうぞ」

祐子は慣れた手つきでエレベーターの五階を押した。そしてあるドアの前に立つやいなやドアは内側から開けられた。

「いらっしゃい」

部屋着のままの絵里だ。美大を卒業した後、絵里はおもちゃメーカーの企画部に入った。就職した時に思いきり短かく髪を切ったが、それもよく似合っていた。

「随分久しぶりね」

「今日祖母が亡くなったんだけれど、いつお葬式が出るのか、この五日間は大変だったの。なるたけ外に出ないように、外に出ても必ず連絡がつくようにしてくれってきつく言いわたされて、いろいろと大変だったの」

「そりゃあ、可哀想だったね」

絵里は祐子の肩をぐいと引き寄せる。そして唇を重ねてきた。同じくらいの身長だから、二人とも顔を大きくななめに曲げなくてはならない。絵里の肌は顔を近くに寄せれば寄せるほど美しさがよくわかる。毛穴など全く見えないなめらかな肌だ。キスをした後、祐子は絵里の頰を舌でなめる。

あれは夏のことだ。二人だけで行くはずだった花火大会に、絵里が男を連れてきた。友人だと絵里は説明したけれど、祐子は嫉妬《しっと》のあまり涙がとまらなくなった。ほうほうのていで男はどこかへ行き、後には二人が残された。

「絵里ちゃん、私は絵里ちゃんのこと好きなの。だから男の人とつきあったりしないで」

泣き続ける祐子の髪を、絵里はずっと撫《な》でてくれていたものだ。いつのまにか唇を重ね、お互いの服を脱がしていた。絵里の皮膚は思っていたよりもなめらかで熱く、それが重なってきた時、祐子は嬉しさのあまり泣いた。自分の求めていたものに、やっとめぐり会った安堵感であった。それから半年、祐子は絵里に抱かれるたびに泣いたものだ。拒食症を克服してまで隠さなければならないものは、こういう幸福だったのかと納得した。けれども絵里は言ったものだ。自分たちの幸福は、人に知られてはいけない種類のものなのだ。だから用心を重ねなくてはいけない。今までうまくやりおおせてきた私たちの努力が水の泡になってしまう。いい、わかったわね……。こんな風にゆっくり会う日はなかなかつくれないほど二人は忙しかった。

「私、お葬式なんか行かなくてよかったわ。だって人が死んでいるとこ、一度も見たことがないんだもの」

「今にいっぱい見るよ。イヤっていうほどね」

幼ない時に父親に死に別れた絵里は、そんな言い方をする。そうしながら祐子のワンピースのファスナーに手をかける。

「祐子、すっごく可愛いよ。本当に素敵だよ」

その最中、絵里は不意に祐子の左手をとり、もっとよく見せてごらんよと言う。

「この小指、いったいいつになったら直るの。これじゃマニキュアも出来ないよ」

絵里は祐子の指を口にもっていく。そして舌の上にのせた。やがて上の歯も動員しながら圧迫していく。それでも祐子の小指は、やわらかい粘膜に包まれていく感触があった。

「私、お葬式なんか大っ嫌い」

あえぎや吐息に変わる直前の声で、祐子はたどたどしく喋り始める。

「死んでしまった人なんかどうでもいい。誰も私のために何もしてくれなかったんだもの」

死というものと、昔、吐き続けたたくさんの食物の饐《す》えたにおいとが重なる。そして男の体から出される白い液。祐子の人生で、これからも決して受けつけないであろうものたちが、頭の中でうかび、そして消えていく。

夢の女

早川光《はやかわひかる》がかつての恋人である真家百合子《まやゆりこ》のことを思い出したのは、妻とのセックスがきっかけである。

義母の葬式が終わった後も、妻の君代はしばらく郷里にとどまっていた。兄嫁たちがそう多くもない形見分けのことで文句を言い出し、すっかり疲れてしまったと君代は愚痴をこぼす。

そんな妻を慰めようと、ついうっかりとベッドの中で手を伸ばしたことを、早川は後にどれほど後悔したことだろう。

早川は今年四十八歳になる。妻の君代は四つ下だ。普通この年齢の夫婦が同衾《どうきん》しようと思ったら、ちょっとした悪戯心《いたずらごころ》のようなものが必要であろう。早川の場合、妻への同情が、不意に形を変え「どれ」という常ならぬ心を起こしたのである。

ところが、体の一部が思うようにならない。心を落ち着けようとすればするほど、その部分はとうに平静さを保っていて、憎らしいほど変化を見せないのである。

早川は一流企業に勤め、まあまあの給料を貰っている。男ぶりもそう悪くない。従って浮気の経験は何度かある。四十代の前半は、同じ課の若い女と一度や二度ではない関係を持った。

自信というほど大それたものは持っていないが、それなりの矜持《きょうじ》というものがある。何年か前、アメリカの南部に出張した時、もののはずみで娼婦を買ったことがある。そう太っているとは思えなかったが、服を脱ぐと彼女の太ももや尻の両脇は肉割れしている。円錐形《えんすいけい》の乳房の先には、まるでプラムのような乳首が突き出ていた。それでも早川は奮い立った。女は最後には、まんざら演技でもなさそうな声をあげたものである……。

早川は、自分の武勇伝を頭の中で素早く反芻《はんすう》していく。あの乳房にもめげなかった自分に、このような事態が起こるはずはないではないか……。

「無理しなくてもいいわよ……」

闇の中で、妻は小さな咳払《せきばら》いをした。

「私も疲れてるから、今夜はおとなしく寝ましょうよ」

妻の声には、小さな怒りと、そして大きさは判断しかねる慰撫《いぶ》が混じっていた。

こうした場合、プロの女性と違い、妻の慰撫は屈辱よりも哀しみを夫に与える。いちばん身近な女に老いを看破《みやぶ》られたということは、やはり哀しい。

早川は目覚まし時計のねじをぎこぎこと巻き、羽布団《はねぶとん》を口のあたりまでひき上げた。洗っているはずもないのに、かすかに石鹼《せっけん》のにおいがする。

「まさか、このままダメになるなんてことはないだろうな……」

そんなはずはない。深く思いをこらしてみると、脳味噌《のうみそ》の奥の方にいくつかの記憶が甦《よみがえ》ってくる。若い頃、前後の見境いもつかぬほど飲んだあの夜のことだ。やはり女は言った。

「無理しなくってもいいのよ」

どうということもないさ、今夜のことも夕食に飲んだ二缶のビールのせいだ。清原が打ってジャイアンツが逆転した嬉しさのあまり、ついもう一缶飲んでしまった。そうだ、あのビールのせいに違いない。

しかし、と早川は考える。今はちょっとした失敗だからいいようなものの、男として本当に終わる時というのは、いったいどういうものなのであろうか。早川は実家の七十四歳になる父親のことを思った。父は三年前に肝臓癌《かんぞうがん》を患《わずら》ったものの、その後奇跡的に回復し今でも月に二度はゴルフクラブを握るという元気さである。そんな父親が、かつて何かの拍子に、

「あっちの方はもう完全に引退だ」

と笑って手を振ったことがある。その時は苦笑して聞いていたのであるが、正真正銘終わる時というのは、男はどのような感慨を持つものだろうか。

飲んだ時に仲間たちと時々かわす議論であるが、こうしてひとり布団の中で問うていくと、それは不思議な現実感を持っていく。

そして問うていくうちに、自分でも意外なほどの喪失感と倦怠《けんたい》が早川の身を包んでいったのである。

――そういい人生じゃなかったかもしれない――

まるで臨終の人間のように、彼はひとりごちた。隣りのベッドからは、君代の寝息が聞こえてくる。四十過ぎてからその寝息の音というのはかなり高くなり、もう少しで鼾《いびき》といえるものになるかもしれない。

――少なくともたいした人生じゃなかったかもしれない――

通販で買ったブルーのパジャマを着て、規則正しくかつ大きな寝息をたてる女。女というのはどうして自分の寝息が、闇の中で夫にさまざまな感情を呼び起こすことに気づかないのであろうか。おかげで早川の思いはいっきに過去にかけ上がっていく。

娘時代の君代は、愛らしく聡明な女に見えた。北国生まれの女らしい白い肌は確かに早川を魅了した。東京の女にはないつつましさも好ましかった。しかしよく考えてみると、そうした美点というのは、「平凡」という二文字にすり替わってしまうものであった。よく目を凝《こ》らしてみると、いや凝らしてみなくとも、君代は郊外の住宅地によくいる普通の主婦である。時々早川もげんなりするほど上昇志向が強く、気取ったふるまいをすることもあるが、それも中年女性のよくある特徴だ。

早川はある友人のことを思い出した。彼は離婚した後、何年か前に若い女と再婚したのであるが、その女がモデルをしていたというので人々は舌うちしたものである。

「年甲斐《としがい》もなくそんなことをして、いったいどうするつもりなんだろう。モデルをしていた女なんて、サラリーマンが手に負える相手じゃなかろうに」

友人とその妻に会ったのは昨年の夏のことだったろうか。皆で釣《つり》をした後《の》のパーティーに、彼が自慢の妻を連れてきたのだ。女の美貌に早川は息を呑んだ。八月のこととて女はノースリーブのワンピースを着ていたのであるが、この腕の細さがまず目に入ってきた。ゆるみやたるみがいっさいない、ほんのりと灼《や》けた二の腕の先に、流行のマニキュアがほどこされていた。娘ならともかく、袖《そで》なしの服を着こなすことが出来る妻を持つ男が、自分と同年代の中にいるとは信じられないような気分だ。女は三十三歳という美しい盛りで、これからもずっと美しさを保つであろう容姿と身のこなしを持っていた。君代などとはまるで人種が違っている。自分という機材を手入れし、磨きたてるコツを生まれながらに知っている女なのだ。

　これならばどんなことをしても手に入れたいと願う女であろうと早川は思った。友人も早川と同じようなサラリーマンであるが、出身校のこともあり、早々と出世レースとは違うところを歩いている男だ。けれどもこの女のことで帳消しになるかもしれぬと早川はちらりと考え、そんな結論を出した自分を訝《いぶか》しく思った。

　四十代後半の早川はまだ諦《あきら》める年ではなかったし、その立場にもなかった。早川の読みによると、上の方の人事がこう動き、あのプロジェクトがこうなってくれると、彼にもいい目は充分にあるはずなのである。だから途中で女や趣味にかまけ、脱落していく同年代の男のことを、早川は理解出来なかった。企業においての男たちの闘いを、空しいことのように言う者がいるが、それは違う。まだ充分に体力と気力があり、そして自分の能力に自信がある男にとって、ゲームに参加することは自然な行為である。子ネコが誰にも教えられなくても毛糸玉にとびつき、一心不乱に遊ぶように、男たちは企業という巨大な毛糸玉と戯《たわむ》れるのだ。

　その意味で早川はまだ降りているつもりはない。けれども昨年の夏の、あの美しい友人の妻のことを思い出し、妻の寝息を聞いていると、ひとつの言葉がはっきりと浮かび上がってくる。

——そうたいした人生じゃなかったかもしれない。少なくとも女に関してはそうだ——

それならばどんな女を手に入れたならば、自分は満足出来るのだろうか。早川の中で初めて不倫をした社内のＯＬの顔が浮かんでくる。あの時は確かに胸が騒ぎ、スリルやわくわくするような快感が味わえた。けれどもそれだけのことだ。スリルというのは、すぐに怯《おび》えに変わってしまったではないか。本当に相手の女を愛していたら、怯えなどという感情は起こらないに違いなかった。

ではどんな女をいちばん欲しているのかと問われたら、早川は答えることが出来ないであろう。しかしどの女をいちばん欲していたかという質問には応じることが出来る。それは妻の君代ではない。手に入れた女というのはそのとたん、激しい欲望の記憶が消えてしまうものである。いちばん欲していた女といったら、それは真家百合子以外あり得ない。ついに早川のものにならなかったということで、百合子は今もなお燦然《さんぜん》と美しい光を放っていることに早川は気づいた。そうだ、忘れたことなど一度もなかった。あれから三十年近くたっているが、そうだ自分はずっと彼女のことを思い続けていたのだと、早川は叫《さけ》んでみたい衝動にかられる。妻の寝息が流れる中でだ。

百合子は早川と同い齢であった。大学に入った年、友人から誘われてやはり近くの女子大の一年生と飲むことになった。その中に百合子がいたのである。

早川が進んだ大学は、伝統的に百合子のいた女子大と仲よくすることになっている。しかし、まわりの仲間は学生生活に慣れてくるにつれ、

「あそこの女の子は、頭がいいかもしれないがもっさりとしていて色気が足りない」

などと生意気なことを言い出し、もっと華やかな女子大の方に目を向ける。けれどもそんな中にあって、百合子の服装やものごしは他の女子大生よりもぐんと洗練されていた。金持ちの開業医のひとり娘ということで、大学二年生の時には、学生の海外旅行など珍しかった時代、ヨーロッパに出かけたものである。

しかしいくら贅沢《ぜいたく》に育った娘だからといって、早川がそうおじけづくことはなかったはずである。早川の家も父親はそれなりの地位を占める、典型的な都会の中産階級であった。早川はいわゆる〝遊び人〟のグループには入っていなかったというものの、大学入学の際に買ってもらった車があり、その中でラコステのポロシャツをさりげなく着こなす青年ではあったはずだ。事実つき合い始めた二人は、まわりの人たちからよく「似合いのカップル」と言われたものである。百合子とは車の趣味も、行き

たい映画も、子どもの頃連れていってもらったレストランも同じであった。

しかも百合子は金持ちの娘にありがちな傲慢《ごうまん》さや自分勝手なところがまるでなく、穏やかでやさしい性格をしていた。知り合った頃はあどけない雰囲気を多分に残していたが、みるみるうちに美しくなっていった。当時は学生運動が真盛りで、男も女も小汚ない格好をするのが流行《はや》っていたが、百合子は仕立ててもらっているというスーツを着、艶《つや》のある長い髪をやわらかく巻いていた。二人で歩いていると、通り過ぎる男の何人もが眩《まぶ》しげな視線を向けたものだ。

その日早川の大学では、大規模な学生集会が行なわれることになり、ノンポリのお墨付きを貰っていたはずの早川でさえ、それに出席するように強く言われていた。しかし早川はその集会に行くことをやめ、百合子とドライブに出かけた。初めてキスを交したのはその帰り道でのことである。現在と違い、その頃のキスというのは特別の意味を持っていた。

「好きだよ」

と早川は言い、その言葉ではまだ軽いような気がしてこうつけ加えた。

「すごく好きだ」

本当は愛している、という言葉をつぶやきたかったのであるが、それは自分の腕の中で震えているきゃしゃな女にはふさわしくないような気がした。「愛している」という言葉は、もっと肉と肉とをぶつけ合うどろどろとした関係に使われるものだと思っていたからである。

「私も」

そう発音した時、百合子の上唇はまくれ上がり、白く濡《ぬ》れた歯がのぞいた。それは何かの奇蹟のように早川には思われた。こんな綺麗なものを見たのは、自分だけだという思いである。

今までも女の子を好きになったことはあるし、キスも初めてではない。けれどもこんな気持ちにはならなかった。百合子ほどの女はいなかったし、百合子ほど夢中になった女もいなかった。その百合子が「私も好き」と言ってくれたのである。早川は幸福のあまり目が眩《くら》みそうになった。あの痺《しび》れるような感触は、三十年近くたった今でもはっきりと憶えている。

そして一年ののち、百合子は早川の元から去っていった。原因は今でもはっきりしない。早川の嫉妬《しっと》深さがいけなかった時もあるし、百合子のあまりにもおっとりとした様子が不誠実に見えたこともある。もっとも十八、十九の恋愛を実らせる人間など、世の中にそう多くないのであるから、二人が別れたのは成長の一過程と言えないこともない。百合子が去ってすぐ早川は同級生の女の子とつき合い、彼女によって初体験を済ませた。その時早川は、唇しか許してくれなかった百合子のことをせつなく思い出したものである……。

が、こんなことは中年男だったら誰でも持っている、甘くもの哀しい青春の思い出というものであろう。早川とて実のところ、三十年近く一度も忘れたことがない、と言い切ることは出来ない。

それなのにあの不能めいたことが起こった夜から、早川は百合子のことばかり考えている。ちょうど娘があの頃の自分たちの年代と同じだ。しかも最近は昔風のファッションが流行しているとかで、七〇年代のものとしか思えないようなものを身にまとっている。木のぽっくり形のサンダルを見た時など、早川はしみじみと言ったものだ。

「何だ、これ。オレたちの頃と同じじゃないか」

娘が白いワンピースを着ていたことがある。裾《すそ》のカットワークに見憶えがあった。百合子が昔着ていたものとよく似ている。自分が女の着ているものをいちいち記憶している男とは思えなかったものであるが、何かの折に百合子に関する細部まではっきりと浮かび上がってくるのである。

「これは中年期のうつ病というものではないだろうか」

しまいには不安になった。もう若さが失なわれていくことの焦《あせ》りから、こうも初恋の女に執着するのであろうか。自分が激しく恋しているのは百合子ではなく、百合子とつき合っていた十九歳の自分ではなかろうか。

しかし悶々《もんもん》としていてはらちがあかないと、有能なビジネスマンである中年の早川が答えた。過去の彼女を追っていれば、いつまでも若く美しいままだ。ここは荒療法であるが、四十八歳になった百合子に会わなくてはならない。当然のことながら、百合子にも老いの兆しははっきりと表れていることであろう。あの白くぴんと張りつめた肌にも皺《しわ》とたるみが生じているに違いない。

そんな彼女と会って昔話をする。

「あの頃、君のことを好きだったんだ」

と過去形で話せば、百合子の方も笑って何か答えてくれることであろう。そして早川は失望という気持ちと共に、ある満ち足りた淋《さび》しさと共に家路に着く。それはそれでいいではないか。このままでは自分の気持ちをもて余すあまり、何をやっても面白くない。

幸い百合子の現在の連絡先はすぐに知ることが出来た。知る気になりさえすればいつでも知ることが出来たのであるが、早川がそうしなかっただけのことである。当時のグループのひとりで、未だに年賀状の交換をしている女がいる。彼女に百合子のことを聞く言いわけをあれこれ考えていたのであるが、思いがけないことがあった。

「やっぱり早川さん、私のところへ電話くれると思っていたわ」

予想だにしなかったことを言い出すではないか。

「えっ、それどういうことだ。何でそんなこと言うんだよ」

「だって早川さん、百合子のお父さんが亡くなったって聞いて、それで私のところへ連絡くれたんでしょう」

「ええっ、そうだったのか」

「あら、新聞にも死亡記事が載ったわよ。あれだけ大きな病院の院長さんだった人だから。お葬式は先週だったはずだわ」

「そうなんだ。それでもしかしたらと思って電話したんだよ」

適当に言い繕《つくろ》って、早川は百合子の現在の様子を知ることが出来た。百合子は養子をとり、その男が病院を継いだという事実が早川には意外であった。

「だって百合子……」

言いかけて、真家さんと言い直した。あまりにも頭の中で繰り返した結果、百合子とすらりと出てしまったのである。

「真家さんにはお兄さんがいたんじゃないのか。僕らが学生の頃、医大へ行ってたと思うけれど」

「それがね、三十幾つの若さで事故で亡くなったのよ。奥さんとお子さんが残されてお気の毒だったわ。だから百合子はお婿《むこ》さんをもらわなきゃならなかったのよ」

「そうだったのか……」

といっても百合子が不幸だと限ったわけではないと、早川は思い直す。肉親の死というのは誰もが一度はめぐり合わなくてはいけないことであり、それが早過ぎたか遅過ぎたかの話である。また養子をとったからといって、百合子が幸せではないということにはならないであろう。あまりセンチメンタルな気分になってはいけないと早川は自分を制した。制したあまり、百合子のところへ電話をかけたのはそれから二週間もたってからである。

「もしもし真家でございます」

百合子は昔のままの姓で言った。そのことはどれほど早川を勇気づけてくれたことであろうか。

「早川光です。僕のこと憶えているかな」

る。

「ふふふ、もちろん」
百合子は低く笑った。そんなことはかつての彼女には考えられなかったことである。

「佳苗さんから電話をいただいたの」
佳苗というのは、百合子の電話番号を聞いた共通の女友だちである。

「早川さんから電話があるはずだって彼女言ったわ。だからお待ちしていたんですよ」
百合子の声は低く太い。早川はあの軽やかな響きを何とか探し出そうとするのであるが難しかった。

「お父さん、大変でしたね。お葬式にもうかがえず失礼しました」

「よろしいのよ。父はもう八十二歳でしたもの。兄が亡くなってから、自分がいなきゃいけないとかなり無理してきました。やっと楽にしてやれたって母も言ってます。でもね、やっぱり淋しいものね、親に死なれるって……」
そうだ、この「でもね」だと、早川は嬉しくなった。昔の百合子はこの「でもね」で語尾が急に上がるのだ。それがとても可憐《かれん》であったと早川は思い出す。

「あの、元気を出してもらいたいから、食事に誘っても構わないだろうか。僕も学生の頃、あなたのお父さんに何回かご馳走していただいたことがある。そのお返しに一度お誘いしたいんですが」

沈黙があると思ったがそんなことはなかった。明るい声で百合子は即答した。

「まあ、ありがとうございます。でもね、私すごいお婆さんになってしまいました。早川さんの中にもしいい思い出があったとしたら、それが壊れるのイヤだわ」

「そんなことはありません。僕だっておじさんですよ。おばさんとおじさんが酒でも飲んで昔話をしましょうよ」

「そうね、それも楽しいかもしれませんね」

その場で日にちと店が決まった。

新宿の高層ホテルに和食レストランがある。眺望のよさと、盛り付けが凝っているのとで人気がある。何度か接待で使ったことがあるから、無理を利かせて奥の窓際の席をとってもらった。早川は十五分前には席に座り、ドライシェリーを一杯注文した。この店は外人客が多いために食前酒も出してくれるのである。ちびちびと舌を濡らしながら、早川は入り口のあたりに視線を凝らしている。最近このように緊張したことはない。冷たい物差しをまっすぐ背中につき立てられたような感じだ。そのくせ胸のあたりは熱く波打っている。時計を見る。四分前だ。百合子は時間に正確だったはずである。早川の中で鼓動がカウントダウンを始めた。三分四十九秒前、四十八秒前……もう駄目だ、心臓が破裂しそうだと早川は荒い息をついた。全くオレはどうしたというんだろう。これでは初めてデイトの相手を待つ十三歳の小僧ではないか。しかし、いいか、教えてやろう。お前はあと五分後に大きな失望を味わうことになるはずだ。お前があれほど恋い焦がれた女は、丸太のように太った中年女となり、二重顎《あご》をだぶだぶ揺らしながらここに向かってくることだろう。それとも鶏《とり》ガラのように痩《や》せた女のどちらかだ。いずれにしても綺麗で素敵な四十八歳の女などいるはずはない。そう思っていれば安心だ。

その時気配があった。黒服の男に案内されてひとりの女が入ってくるところであった。女は薄いグレイのスーツに身を包み、髪を夜会巻きのように結い上げていた。太っても痩せてもいず、ただ体全体がやわらかな線でひと筆描きされているような印象があった。途中で百合子は早川に向かって笑いかける。百合子は美しかった。早川の想像していた、こうあって欲しいと願っていたどんな姿よりも美しかった。

「お久しぶりです」

早川は立ち上がった。

「突然お呼び立てしてすいません、ご迷惑じゃなかったでしょうか」

「そんなことはありませんよ。とても嬉しかったわ」

百合子は濃くはないが、巧みな化粧をしていた。眉《まゆ》は細く整えられ、光るアイシャドウをしている。スーツもハンドバッグもおそらく高価なものであろう。百合子は金持ちの中年の、しかも美人だけが持つ迫力に溢《あふ》れていた。

「幸せそうで何よりですよ」

陳腐《ちんぷ》な言葉が口をついて出た。しかしそれがいま百合子に捧《ささ》げるいちばんの賞賛で、いちばん適確な表現だと早川は思った。けれども百合子は小さな拒否の替わりに、唇をぐいと上げる。

「あまり幸せじゃありませんよ。父が死んだばかりですし……」

「そうでしたね。失礼しました。お父さま残念でしたね」

「まあ、仕方ないことかもしれませんね。親を送るということは、これが反対ならばとんでもない親不孝ということになってしまいますもの。兄がそうでした」

それから二人は、会わなかった三十年間をダイジェスト版にして話し始めた。こうした場合、男の方がどうしても手短かになる。

「本当に平凡な職場結婚をして、今は大学生の娘がひとりいる。まあ、可もなく不可もなかったというところかな」

「うちには子どもがいないの」

「どうして。つくらなかったのか」

「たぶん、私か夫のどちらかが悪いんでしょう。治療をやりかけたこともあったんだけれど、馬鹿馬鹿しくてすぐにやめてしまったわ」

百合子の言葉は少しずつつくだけたものになり、それと同時にスーツの首まわりのVの形をした部分も、ゆっくりと拡がっていくようであった。そこからミルク色の脂肪が薄くのった肌がのぞいている。なんて綺麗な肌だろうと早川は思う。おそらくこのVの下の方、スーツの生地《きじ》に隠されている部分も、照り輝やくような肌に違いない。三十年前、ついに早川が手にすることが出来なかったものだ。

不思議なことに、あれほどプラトニックに渇仰《かつごう》していた百合子に会ったとたん、早川の中で欲望がはっきりと目覚めてきたのである。この女を抱きたいと思う。昔、途中でやりかけたことを、大人になった自分は済まさなければいけないのだ。

食事の後、二人は同じ階にあるバーに席を替えた。ぴったりと寄り添って座ると、百合子が香水をつけているのがわかる。化粧と同じようにそう濃厚なものではないが、百合子の肌で暖められた気体は、まっすぐ早川の鼻の奥の方に入ってくる。どうやら百合子は官能をはじめとする幾つかの美点を身につけて、再び早川の前に姿を現したらしい。

「でもね、私のことを憶えていてくれて嬉しいわ。もう思い出してもくれないと思っていた」

早川の大好きな「でもね」が、ここではしきりに発せられる。

「憶えていたどころじゃないよ。ずっと忘れたことはないよ」

早川は太ももの角度を拡げ、百合子の膝に触れるようにする。幸いここはカウンターの角で、二人の後ろ姿はテーブル席の客からは見えないはずであった。

「君のことを考えない日はなかったよ。こんな年をして、今さらって笑うだろう。だけど君とのことが、いちばん純粋で真剣だったからね」

コースターを滑《すべ》らせるふりをして、百合子のくすり指にも触れる。今夜は全身全霊を込めて百合子を口説くつもりだ。今まで男として培《つちか》ったすべての経験、すべてのテクニックはこの夜のためにあったのではないかとさえ早川は思う。

「私もそうかもしれない。あなたは私にとって初恋の人だったもの」

酒瓶の向こうに、あの頃の空や雲が見えるかのように、百合子は顔を上げる。こうして真近で見ると、やはり肌の衰えははっきりしていて、横顔の線は昔の鋭さを失なっていた。しかしそれが何だろう、百合子は今や、早川にとって解きかけてそのままページを閉じてしまったミステリー本なのだ。ミステリー本は必ず最後まで読まなくては我慢出来ないものである。

「酔ったから言ってしまうわ。女って初めてキスをした男の人のことって、絶対に忘れられないものね。きっと自分のいちばんいい時代と重なるからでしょうね」

「だったらもう一度キスをしようよ」

「えっ」

「いいおじさんが、君とのキスのことを考えて三十年間生きてきたんだ。もう一度してみよう。どんな風に感じるか知りたいんだ」

「そんなこと馬鹿げてるわ。私たち、家庭もあるし充分に年もとっているわ。そんなことをしても昔に戻れるわけじゃないし」

「嘘でもいい、一瞬でもいい。オレはあの時の気分をちょっとでも味わえたらそれでいいんだ。ね、お願いだ、君のことを思ってずっと生きてきた男に、そのくらいのことをしてくれてもいいだろ」

「早川さんたら」

アイラインで縁取られた百合子の目の中に困惑と驚き、そして媚《こ》びがあった。

「キスっていうのは、お願いしてするもんじゃないんじゃないのかしら。そんな風に言葉で言われたら女は困ってしまうわ」

「じゃ部屋を取る。本当にキスだけだ。そしてここでは出来ないいろんな話をしよう。いいだろう」

百合子は何も答えない。フロントへ手続きに行くために早川は立ち上がった。高いスツールから降りる時、早川は自分がかすかに勃起《ぼっき》していることに気づいた。

「何てこった！」

歩きながら彼はつぶやく。

「人生まだ捨てたもんじゃないかもしれないな」

妻の寝息を聞いたあの日から、また三十年たったような気分だ。嫌なことはすべて遠ざかっていく。人間これほど他愛なく幸福になれてよいものだろうかと早川は思った。

歩いていく。自分の足が、体が活力をとり戻していくのがわかった。全く、これほどたやすく幸福になれていいのかと早川は再び思う。

帰宅

電子レンジそっくりな音をたて、エレベーターがロビイ階に停まった。

真家百合子は箱から出て歩き始める。ここに到着した夕方頃は、チェックインする客や、パーティー帰りの人々でざわめいていたロビイも、今は人影がほとんどない。真夜中近いホテルは、そこを歩く人々の秘密をあらわにするかのようだが、百合子は姿勢を崩すことなくまっすぐに歩いた。柱の前に立っているベルボーイが軽く頭を下げたが、若いくせに全くの無表情でそれが癇《かん》にさわった。

「あんたのしてきたことは全部知っているのだ」

そう奇妙な形の帽子の下で思っているのではないだろうか。まだ部屋に残っている男のことを百合子はちらっと考える。少し時間をずらしてから部屋を出て、チェックアウトをすると語っていた。今頃はどこかに口紅はついていやしないか、ネクタイの結び目は変わっていないだろうかと、鏡の前であれこれ点検しているに違いない。

これからも会ってくれるよねと、男は確信に満ちた口調で言った。どうやら彼は、百合子が心から満足したと思っているらしい。なるほど、年齢の割には体も締まっていたし、テクニックということも意識している。最初は緊張し、何かを案じているようでもあったが、一回めの射精の後はぐっと落ち着いてきた。四十八歳という年齢で二回というのは、確かに称賛に価することかもしれない。

ことが終わった後も早川はなかなかのマナーであった。ずっと百合子の髪を撫《な》でながら、こうささやき続けたものだ。

「ずうっとこれがしたかったんだ。君とこういうことをすることを、ずっと夢みていたんだよ」

普通の女ならば、こうした言葉に揺り動かされたかもしれない。そしてそう迷うことなく、次の約束をしていたであろう。けれども百合子はきっぱりとこう言った。

「これっきりにしましょうよ。こういうことをずるずるって続ける趣味、私にはないのよ」

その後、男はさまざまなことを口にしたはずだ。君が結婚していることはわかっている。僕にも妻子がいる。だけど僕たちは子どもじゃない。うまくつき合っていくことが出来るんじゃないかな……。

そんなことを繰り返す男の口調には、中年男の執拗《しつよう》さと狡猾《こうかつ》さがあり、それは百合子が望んでいるものではなかった。うまく説明出来ぬが、ひと言でいえばやはり「肌が合わない」ということなのだ。どれほど稚拙《ちせつ》で手を抜いたセックスをしても、別れたくないと思う男がいる。その反対の男はもっといる。早川はまあまあのセックスの技を持ちながら後者に属する男だ。いずれにしてももう会う必要はないと百合子は判断した。

時計を見る。タクシーに乗り等々力《とどろき》の家へ帰るのがいちばんよいというのはわかっている。けれども百合子はそうしなかった。シートに深くもたれ、運転手に告げたのは別の地名だ。

「乃木坂へ。乃木神社の坂を降りていって頂戴……」

後頭部の白髪の具合から、おそらく初老と思われる運転手は返事もしなかった。ホテルの前で長時間待っていたのに、あまりにも近い距離なのでがっかりしたのであろう。世田谷の地名を告げれば、愛想のひとつも言ったはずである。百合子は何ひとつ嫌な思いをせず、ゆったりと自宅に帰れたはずだ。けれども百合子が望んでいるものは、いつも不快なものや煩《わずら》わしいものとワンセットになる。世間から不道徳と呼ばれているものは、決してスムーズに手に入らない仕掛けになっているのだ。

車は青山通りを折れ、さらに裏道に入っていく。このあたりはそれほど高級ではなく、中級のマンションが建ち並んでいるところだ。

「あ、そこの角のマンションでいいわ」

運転手は相変らず言葉を発しようとしない。基本料金をわずかに出た料金を払い、百合子は車から降りた。オートロックの番号は確かめるまでもない。指がちゃんと憶《おぼ》えていた。

「もしもし、私よ……」

こういう時、女は必ず高慢な口調になる。百合子もそうであった。夜遅く男の部屋を訪れる正当性をそうすることによって繕おうとするかのようだ。タクシーの運転手のように、相手の男もやはり何も言わない。ただブザーだけが鳴った。

百合子は中に入り、エレベーターに乗り込む。今日はやたらこれに乗る日だと思った。それも男と寝るためにだ。一日に二人の男と交わるのは初めてだが仕方ない。そんなつもりは全くなかったといえば嘘になるが、初回から早川が部屋に誘うとは思ってもみなかった。昔は女に対して臆病《おくびょう》なところがあったが、今は中年男の図々しさをすっかり身につけている。その早川が大胆な行動をとったために、百合子の今夜の行動がすっかり狂ってしまったのだ。

「遅かったじゃないか」

案の定、男は不機嫌さを隠そうとはしない。

「飯を食ったら、すぐ来るっていってたから、こっちもそのつもりだったんだぞ」

坂田俊介《しゅんすけ》という名前は、その業界ではかなり有名ということであるが、本人が言うことだからあてにはならない。少なくともこの頃は、あまり仕事が思わしくないようだ。

坂田はグラフィックデザイナーをしている。年齢は五十にまだ少し間があるというところだが、この年代は業界の旨味《うまみ》をいちばん吸っていると本人が語ったことがあった。八〇年代の広告の黄金期、多くのクリエイターがそうであったように、坂田も大手のプロダクションから独立した。当時は若い女性でさえも、仕事をひとつふたつもらってすぐに会社をつくったものだ。それでも仕事はいくらでもあった。そしてあのバブルという、祭りのような時代が始まり、何人ものクリエイターたちが豪華な自宅やベンツを手にした。坂田にしても別のマンションに仕事場を構え、そこに四人のアシスタントを置くという景気のよさであった。車はもちろんベンツの大型車を買い、会社名義で長年の夢だったポルシェを買ったという坂田の当時のさまを、百合子は知らない。坂田と知り合ったのは一年ほど前のことで、友人宅での小さなパーティーがきっかけである。料理研究家をしている友人の集まりにはマスコミの人間も何人か来ていて、その中に坂田がいた。何でも彼女の本の装丁をしたことがあるというのだ。

彼はその頃、もう多くのものを失ないつつあった。バブルが崩壊した後、個人事務所に向けての広告発注はそれこそ激減していたから、彼は仕事場もアシスタントもポルシェも手放し、ついでにファッションモデルあがりの二度めの妻と二人の子どもも手放していた。金が面白いように入っていた頃、見逃してくれていたはずの浮気を、ねちねち言い出したことがきっかけだというが、本当のところは百合子にはわからぬ。わからぬけれども、そうした自分の不運を戯画化する坂田の話は大層面白かった。

「別れた女房には、もう男がいるんだけど、一緒に暮らしてても籍は入れないの。オレから養育費を取れなくなるからって。今、彼女は二重取りしているから、すっげえ金持ちなの。オレなんかよりもよっぽど景気がいいの。何か損したのは、オレひとりっていう気分に自分だけがなっちゃってさあ……」

彼のテーブルの近くに座っていた人々の間から笑いが漏《も》れると、彼はさらにどぎつい自虐《じぎやく》に満ちた話をした。まるで人々に笑われることを生業《なりわい》としているコメディアンのように、彼は一生懸命であった。そしてすぐその懸命さで、彼は百合子を口説いてくるようになったのである。

「初めて会った時から、なんていい女だろうかって思った。今のオレにとっちゃ、あんたは高嶺《たかね》の花だってわかってるさ。だけどさ、久しぶりに闘志がわいてきたんだから仕方ないだろ」

つき合い始めてわかったことがある。彼はよく、女房に逃げられ、仕事にも恵まれない自分のことを笑いとばす。けれども彼は決してユーモラスな人間でもなければ、卒直というわけでもない。強い自尊心からくる、はなはだ屈折した心理ゆえの笑い話だということを、百合子は初めからわかっていたような気もするし、最近知ったような気もする。

今も坂田は不機嫌さを隠そうとはしない。大分飲んでいたのだろう、居間のテーブルの上には、ピーナッツの殻《から》とビールの空き缶が何本かあった。このマンションは3LDKで、彼がバブル以前に手に入れたものだという。今では自宅兼仕事場となって、そこへ一人だけになったアシスタントが通いでやってくる。パートの家政婦が週に二度ほど通ってくるらしいが、掃除がゆき届いているとは言いかねる。キッチンの流しはいつも茶渋がこびりついていた。が、そうした薄汚なさを救っているのは、男の知的とはいえないまでも、独得の仕事のにおいであったろう。居間の方にまで外国の写真集やデザインの本がはみ出してきていた。彼が手がけた仕事、それはもうかなり昔のものであったが、有名な企業のポスターが廊下や居間の壁に貼《は》られている。そうした空間で初めて坂田に抱かれた時、百合子は自分がとてつもなく堕《お》ちていく感覚を味わったものだ。相手がきちんとしたサラリーマンで、色ごとの場所がシティホテルの一室であったら、自分はあのような気持ちにならなかったに違いない。先ほど早川と持った時間は、まさしくまともな情事というものであったが、それは百合子にさほどの感慨を抱かせなかった。それよりもピーナッツの殻とビールの空き缶を前にして、髭《ひげ》を生やした男に怒鳴られている方が、はるかに心が落ち着くのはどうしてだろうか。

「電話一本かけられなかったわけじゃないだろう」

坂田はいらいらとした調子で、ハイライトの箱を破ろうとしていた。彼は最近珍しいヘビイ・スモーカーで毎日三箱の煙草《たばこ》を空にする。彼とキスをする時は、強いにおいが舌を伝わって百合子にも浸《し》み込んできそうであるが、慣れると決して嫌な感触ではない。

「どうして電話をくれなかったんだよ、えっ」

百合子が返事をしないので、坂田はこちらを睨《にら》みつける。目のまわりの弛《たる》みがはっきりと年齢を表していて、髭やしゃれた服装というものがなかったら、彼はむしろ醜《ぶ》男《おとこ》の部類に入ったかも知れない。

「わからないわ。食事の後、お酒を飲んでいたら、あっという間に十一時をまわっていたの。きっと途中で電話を入れたら、あなたに怒られるだろうと思って、それよりも来た方がいいかなあって……」

「ふん」

坂田は煙草を口にくわえたが、機嫌がぐっとよくなったことが、その唇の角度でわかる。いつでもそうだ。彼は百合子が脅《おび》えたり、すまなそうな態度をとると、とたんに嬉《うれ》し気《げ》になるのだ。といっても、百合子が高飛車に出たら出たで彼は喜ぶ。態度にははっきり出さないが、内心はぞくぞくするほどの気持ちを味わっているに違いない。なぜならば百合子をさんざん手荒く扱う口実が出来るからである。

「ずうっとここで飲んでたのね」

百合子はカーペットからピーナッツの殻を拾い上げた。先ほどから百合子のストッキングの裏側を刺激していたものである。

「そうだよ、あんたからの電話が無いんだから、外にも出かけられないじゃないか」

「だから悪かったって言ってるでしょう」

今度は百合子が強い声を上げる番だ。

「今日は約束してたから、私だって無理してここに来たんじゃないの。それなのにさっきからつんけんして、とっても機嫌が悪いわ。とっても嫌な感じよ」

それならば私は帰るわ、と言って百合子は立ち上がる。坂田は怒るなよ、と言って煙草をあわててもみ消した。そして近づいてきて百合子の肩を抱く。

「オレだって、あんたがいつ来るか、いつ来るかって、ずっとやきもきしてたんだからさ、ちょっと何か言うの、あたり前だろ」

四十九歳と四十八歳の中年の男女の痴話喧嘩《ちわげんか》は、若者のそれと全く変わらない。それどころかもっと愚かに、幼な気になる。男は純粋さを装おうとし、女は罪悪感を消そうとするからである。

立ち上がった二人はもつれ合うように抱き合い、そして激しく唇を吸い合った。こういう場合、坂田が手を伸ばしてくるのは百合子の胸ではなく、下半身である。彼はすぐさまスカートをめくり上げ、パンティストッキングごとショーツをぐいとひき下げようとする。ここが若者と中年の違うところだ。男と会う予定がある時、百合子はガードルを穿《は》かないようにしている。だから下着は太股《ふともも》の途中までたやすく移動した。立ったままの姿勢で、坂田は右手を差し入れ、そしてせわしく動かす。

「百合子、可愛いね……。こんなに濡《ぬ》れてきたよ……」

けれどもそれは嘘だとわかっている。あのことがあってから、百合子の体の奥からはめっきり果汁が出なくなった。男の指や舌が入ってくるとそれなりにしっとりしてくるが、それとても昔の量には及ばない。しかも今夜は別の男と寝ているのだ。坂田がいくら卑猥《ひわい》なことをささやき続けても、百合子は最初からその嘘を見破っている。

このまま帰ろうか、と百合子は思った。やはり二回のセックスの記憶は、体の下方のさまざまな関節に残っている。疲労感が薄いヴェールのようになって、目のあたりを覆い始めているのだ。ひどく眠くなった。坂田はこのまま寝室へ行き、自分を抱きたいらしい。が、それよりも自分の家へ帰り、自分のベッドにもぐり込むことが出来たらどれほど気持ちよいであろうか。が、そんなことが出来るわけはない。

坂田は百合子の左手を、自分の股間《こかん》へ導いた。それは坂田よりもはっきりと強い意志を百合子に伝えようとしている。

「もう、こんなになっちゃったよ……」

坂田は言葉を熱い息にして、百合子の耳の中に吹きかける。以前つき合い始めた頃、百合子は下品なことを言われるのが好きと打ち明けたことがある。坂田は彼なりに一生懸命なのだ。真摯《しんし》、といってもよいほどの彼の快楽に対する誠実さが、あの頃の百合子をどれほど救ってくれただろうか。だから百合子は、どんなことがあっても帰ることが出来ない。いつのまにか、百合子はこの男に義務を感じ始めている。夫でもない愛人に義務を持つというのは、奇妙なことであるが本当であった。ある一時期、百合子は坂田にさまざまな姿態や行為を要求したことがある。それは坂田を驚かせ、そしてすぐに喜びにと変わった。彼は百合子が見たがれば過激なビデオを探し出してくれ、通販で器具も買ってくれたものだ。彼は百合子がしんから快楽を求めているのだと思い、その役割を忠実に果たそうとしてきたのだ。そんな男を疲れているからといって、どうして拒否することが出来るだろうか。

「さあ、ベッドに行こうぜ」

坂田はわざと乱暴な口調で言った。寝室のドアが半分開いている。他の部屋が乱雑なのに較《くら》べ、寝室は綺麗に整頓《せいとん》されている。枕もシーツも乱れてはいず、まるでメイキングされたばかりのホテルのベッドのようだ。百合子を待つ坂田の心が表れていた。

その上に横たわる時、百合子は言った。

「愛してるわ……」

空虚な言葉だとは思わない。これを男に対してではなく、自分に向けて言っているからである。自分を高揚させ、慰撫するために、百合子は坂田と寝る時にいつもこうつぶやいてみる。言葉は魂を持っていて、特に「愛」や「死」という言葉は、唇を離れたとたん不思議な威力を発するものだ。百合子はたちまちのうちに、愛する男に抱かれるのだという幸福に包まれるのである。そのうえ「愛」という言葉は、たいていの場合谺《こだま》のように返ってくるものだ。

「オレも愛してるよ、すごくだ……」

坂田はおごそかに言う。これも百合子は嬉しい。他人の口から漏れる「愛している」という言葉ほど貴いものがあるだろうか。百合子はそれを拾い集め、掲《かか》げたいと思ったことがある。それほど有難《ありがた》かった。せつないほど嬉しかった。

だから百合子は耐えなくてはならない。坂田がいくら愛撫を施しても、百合子の体の奥深く、襞《ひだ》が重なっているところは、相変わらず乾いたままだ。だから坂田のものが入ってきた時、百合子はかすかな痛みを感じる。早川の時はそうでもなかった。スムーズに彼のものを受け容《い》れることが出来、彼は短かい言葉を幾つか発したものだ。自分のような年齢の女は、湧《わ》いてくる液の量が一日にこれだけと決められているのだろうか。性の神というものがもしいるとしたら、中年女が多くの男と交わってはいけないとたしなめるために、一日にこれだけと計っているのかもしれない。

百合子は自分のこの思いつきを、ふと誰かに喋《しゃべ》ってみたい気分になる。それはもちろん、いま自分の体の上にいる少々肥満気味の男ではない。彼はいまトランクスを脱いだところだ。気配でわかる。男というのはブリーフ派とトランクス派とに分かれるが、その好みというのはスーツを着ていてもわかる。夫の常雄は真白いブリーフしか穿かないが、外見もそんな感じだ。坂田も初めてベッドを共にした時、やっぱりと思った。ブルーと黒のチェック柄のトランクスは、いかにも彼らしかった……。

どうしてこんなことばかり考えているのだろうか。もっと気持ちよくならなくてはいけない。このあたりで声を出してみようか。あの時の声も「愛している」という言葉と同じだ。それを発したとたん、最初からそう思っていたような気がしてくるから不思議だ。言葉の力で、自分が行きたい場所に行けるのである。だから、

「いいっ」

と百合子は叫んだ。そのとたん、体の奥深いところから、小さな生き物たちがぞろぞろと這《は》い出してきた。

「もう二時だぜ……」

坂田の枕元の時計は、ニューヨーク土産《みやげ》とかで女の体をしている。薄いピンクや体

の曲線がアールデコ風で、腹のあたりで針が動いている。それを眺めながら彼は咎《とが》めるように言った。

「もうこんな時間じゃないか、まいったなあ」

最後の言葉に、彼のかすかな照れが込められているようだ。外見は軽薄な業界人そのものであるが、彼の中には、その昔新潟の高校生であった頃の純粋さや優しさが、わずかではあるが残されている。それは百合子を抱いた後に、濃く滲《にじ》み出てくるようなのだ。

「本当にこんな時間に帰って、旦那さんは大丈夫なのか」

「今夜は女子大の時の友だちと会っているって言ってあるわ。友だちがホテルの部屋をとってくれて、皆でお喋りすることになっている。他の三人は泊まるみたいだけれど、私はどんなに遅くなっても帰るって言ってあるから平気なのよ」

「そんなこと、信じる亭主がいるのかなあ……」

坂田は上半身裸のままで煙草をくゆらしている。その視界に入らない闇の中で、百合子は手早く服を身につけている最中であった。

「でも、私の夫は信じてるわ。そういう人だから」

これは別に夫の悪口ではない。けれども坂田は沈黙する。いま彼は恋人に対する憐《れん》憫《びん》の思いでいっぱいになっているはずだ。彼は百合子のいくつかのエピソードと、そしてまわりの友人たちの証言からひとつの物語を創り上げている。

後継ぎの兄が急死したために、百合子は大急ぎで結婚しなくてはならなくなった。親の決めた相手は、医者としても病院経営者としても優秀な男であるが、男として何かが大きく欠けている。二十年にわたる百合子との結婚生活はまさに世間体を繕《つくろ》うためのもので、子どもがいない夫婦は冷やかで退屈な毎日をおくっている。だから百合子は、刺激と愛情を求めて自分のところへやってきた。坂田はこう解釈しているようである。その解釈をさらに実証させるために、彼は時々こうつぶやくことがあった。

「オレにもうちょっと金があったらなあ。五年前に百合子と知り合っていればなあ……」

五年前という言葉に百合子は微笑《ほほえ》む。が、坂田はその微笑の理由を知るはずはなかった。

「そろそろ帰るわ」

最後のボタンをとめて百合子は言った。そうだな、と坂田は裸の胸に、脱いだものとは違う白いシャツをひっかける。多分別の女に、そうした姿がとてもセクシーだと誉《ほ》められたに違いない。

ドアのところで、坂田はもう一度長いキスをする。

「百合子をあんな家に帰したくないよ……」

これもお決まりの言葉であるが、最近深い感情が込められるようになった。心から恋人を哀れがっている声である。

百合子は来た時と同じようにエレベーターに乗り、マンションの外に出る。この界隈は車の通り道になっているらしく、空車のタクシーが向こうから続けてやってきた。チェッカー模様のタクシーに百合子は乗り込む。

「等々力までお願いします」

こういう時、百合子は何も考えない。情事を終えて帰る人妻がするように、ゆっくりと記憶を反芻《はんすう》するという楽しみも持たない。

深夜の道路は空《す》いていて、三十分の後に百合子は見憶えのある角に来ている。

「ええ、そこで停めて頂戴。石塀の家です」

釣りが百八十円あったがそれは受けとらず、百合子は門の前に立つ。鍵がなかなか見つからない。こんなはずはないと、ハンドバッグの底をごそごそかきまわしたら、革の手帳の間にはさまっていた。二ヵ所かかっているロックをそれで開け、中に入った時百合子は深い安堵《あんど》のため息をもらした。

二階にあがっていく。左手が夫の書斎、右手が夫婦の寝室だ。この時間だと、もう左のドアから光が漏れてくることはない。右のドアを開く。小さなベッドランプをつけたまま、夫は寝入っていた。枕元には読みかけの洋書が置かれていた。長い間、医者の娘や妻をしていたから、表紙のドイツ語の感じで医学書だということぐらいはわかる。夫はミステリーや小説を読むことなく、こうしてナイトキャップ代わりに読むのも専門書なのである。

ブルーのパジャマを着た常雄は軽い寝息をたてている。彼は高い鼻梁《びりよう》を持っていたが、その両脇に赤いくぼみがある。いつもかけている眼鏡《めがね》の跡だ。百合子はそれに軽く触れる。

うーんと覚醒しながら、彼は妻の存在に気づいたようだ。

「お帰り……」

くぐもった声で彼は言った。

「楽しかったかい」

「まああだったわ」

百合子はスーツのままベッドに横たわり、夫の背にしがみつく。常雄の丸まった姿勢そのままに百合子は体を密着させる。

「途中で退屈して帰りたくなったわ。私はね、うちにいて、あなたにぴたーっとしているのがいちばんいいの」

「そのわりには、お出かけが好きじゃないか」

常雄は目を閉じたままで軽く微笑んだ。もちろん皮肉や疑いというものではない。妻のすべてをいとおしく思っている、余裕ある夫の微笑みである。

「ごめんね……。これからはもっとうちにいますから」

ダブルベッドだから、よく百合子はこんな風に夫にしがみついて眠る。そうすると夫の体温がよく伝わってきて、ぐっすりと眠ることが出来るのだ。

夫のことを愛している。それは言葉の力など借りなくてもよい本物の愛情だ。父親から半ば強制されたような結婚だった。世間の人々も、ほとんどが政略結婚のように思っているはずだ。最初は百合子自身でさえそう感じていたぐらいである。けれども愛は芽生えた。百合子はいつしか夫の融通のきかなさも、頑固さも何もかも受け止めることが出来るようになった。父も兄も失くした今、夫がいなければ自分は生きていけないとさえ思っている。そして夫も自分を深く大きな愛情で包んでくれている。

それなのに百合子はいつも飢《かつ》えているのだ。夫と一分の隙《すき》もないほど体をぴったりと合わせながら、愛されていると十分にわかっていながら、百合子の心はつらい、つらいと泣いているのである。

一年半前に生理が突然不規則になった。子どもを産まない女の更年期はきついと聞いていたけれど、あれほどひどいとは思ってもみなかった。突然寒気が襲ってきてがたがた震え出したかと思うと、次の瞬間はどっと汗が吹き出してくる。そんなことよりもつらかったのは、心が蝕《むし》ばまれていくことの恐怖であった。何をしても心が晴れない。自分は何ととるに足らない人間だろうかと百合子は泣いた。一人の生命をこの世に生み出すこともなく、老いさらばえて死んでいくのだ。四十代も終わりの自分はもう老いていて醜い。そんな人間に生きていく価値があるのだろうかと真剣に考えた。

夫の勧《すす》めでいい婦人科の女医を紹介してもらい、ホルモン注射に通うようになった。そんな時父が死の病いについたのだ。老いた父の垂れ流す糞尿《ふんにょう》との戦いが、百合子の狂いを決定的なものにした。あれほど絶対的なものであり、自分を永遠に守ってくれるはずであった父が、この世から消えてしまうのだ。百合子はもう泣くことはしなくなった。ただ心の中に穴が開いたことだけははっきりとわかった。そこからすうすうと、息も恐怖もすべてのものが漏れてしまうのである。

坂田と関係を持ったのはその頃である。誰でもよかったとはいわない。けれども心が健康な時だったら決して選ばなかったであろうような男を選んだ。

けれどもその男から「愛している」という言葉を聞いた時、百合子の心の穴は少し塞《ふさが》った。たとえこちらが愛していない相手でも、向こうが自分に夢中になり、自分を欲してくれる。もう若くもなく、昔ほど美しくもない自分を手に入れようと必死になるさまを見ることは嬉しかった。こんな自分でも愛されたり、生きている価値はあるのだと思った。だからお返しに愛している真似ごとをしてやる。すると相手はひどく喜ぶ。そのことも百合子の心を癒《いや》してくれているのである。

百合子はそんなことを夫に打ち明けてみたい衝動にかられることがあるが、もちろんそんなことが許されるはずもなかった。だから百合子はいつまでも淋しい。自分の犯した罪を懺悔《ざんげ》したい相手は夫なのであるが、それはかなえられそうもない。だから百合子はいつまでも淋しいまま罪を犯すのである。

「私もこうして眠るわ」

夫を背後から抱いて百合子はつぶやく。

「せめてあなたと一緒にね」

二人の秘密

スポーツクラブの中に、会員だけが使えるバーがある。バブルの絶頂期につくられたこのクラブは、入会金が週刊誌の記事になるほど高かったが、その替わりすべての施設がゆったりと豪華につくられていた。バーも坪数の割にはテーブルの数が少なく、商談にも使えるよう小さな個室が二つある。

ゆっくりと落ち着いて話が出来るところ、という相手の要求であったから、真家常雄《まやつねお》は右側の部屋を予約しておいた。

約束の時間ぴったりに店に入ると、顔見知りの黒服が、

「お連れ様はもうお着きでございます」

と常雄に声をかけた。その表情にかすかな非難と驚きが込められていることに常雄は気づく。彼はゴルフ以外のスポーツはあまりやらなかったから、ジムの方にはめったに足を運ばない。バーの利用が専《もっぱ》らであった。この店は隠れ家的な寛《くつろ》いだ雰囲気が気に入って、月に何度か飲みにくる。医者仲間や、ゴルフを共にする友人が多い。

が、彼らと待ち合わせをした際に、このような咎《とが》められるような視線にあったことがない。

「相手の男は、よっぽどひどい男なのだろう」

いっそのこと、このまま引き返すことが出来たらと常雄は思った。病院を経営する立場上、今まで何回もゆすり、脅《おど》しの類を経験してきた。つい先日も、妙な名前の出版社の名刺を持った男が、取材と称してやってきた。常雄の病院で起こった院内感染について記事にしたいというのだ。根も葉もないことであったので、こちらが上手《うわて》に出て追い払ってやった。が、もちろんこんなことばかりではない。事務局長に言いつけて、いくらかの金を握らせることもある。が、今日の相手はいつもと勝手が違う。

「奥さんのことについて、ちょっとご相談したいことがあるんです」

と相手の男は切り出してきたのである。

「相談というのはどういうことでしょうか」

医学博士にして病院長という威厳を保ちつつ常雄は問うてみるが、相手はそう怯《ひる》まなかった。

「電話ではちょっと言えません。お目にかかった時に、はっきりと申し上げます」

こんなセリフを、何度か聞いたと常雄は思った。たまたまチャンネルを替えたりした時に、ドラマをやっていることがある。恋愛ドラマでも、殺人が起こる刑事もので も、人妻の犯罪が暴かれる時の会話はたいていこんな感じだ。

「もし、もし、奥さんのことでちょっとお知らせしたいことが……」

「えっ、それはどういうことなんですか」

「詳しくは言えませんよ。会ってお話ししましょう」

自分はあのドラマの中の、小心で間抜けな亭主の役なのだなと常雄は思った。ドラマの中で、

「おかしなことを言うな、警察を呼ぶぞ」

などと怒鳴る夫はひとりもいない。みんな不承不承、約束の場所にやってくるのだ。それはなぜかというと、「身に憶《おぼ》え」という屈辱的な事実があるからである。常雄もそうした夫の一人である。

妻の百合子《ゆりこ》の異変に気づいたのは、いったいいつ頃であったろうか。ある夜、ベッドの中で百合子はしくしくと泣き続けていたものだ。

「あなた、今月も生理が来なかったの……。どうやら私、上がった、っていうことらしいわ」

常雄はその時、医者としてさまざまな指示を与えたものだ。百合子の年齢からし

て、決して早過ぎる更年期ではないということ。更年期というのは、女性であるならば誰でも体験しなければならない身体の変化であって、これが重症になるか、軽くやり過ごせるかは本人の気持ち次第であると、常雄は何冊かの本を買ってやったりもした。最近は医者の立場から見ても、かなりよい更年期の本が出まわっているのだ。

「でもね、私、これでもう女としてはお終《しま》いなのね。そう考えると、本当に淋《さび》しくってつらいわ。子どもも産まないまま、私の人生は終わってしまうんだわ」

こうした妻の言い方も、決して尋常とは言えなかった。普段の百合子なら、こうしただらしない自己吐露はしない。常雄に甘える時も、どこか凛《りん》とした爽《さわ》やかさは持っていたものだ。

「馬鹿なことを言うもんじゃない」

常雄は大声で叱った。

「それで百合子が変わるわけじゃないだろう。君は相変わらず綺麗《きれい》でとても魅力的だ。今後はそれを磨いていけばいいことじゃないか」

けれどもそんな自分の言葉が、何の役に立ったろうかと常雄は思う。生まれも育ちも、金にも、美貌《びぼう》にも恵まれて育った百合子は、人並みはずれたプライドを持っている。それが傲慢《ごうまん》という腐臭を帯びなかったのは、ひとえに本人の賢こさゆえであったろう。けれども更年期という大きな転換を前にして、百合子は平常心を保てなかった。それを決定的にしたのは百合子の父親の死である。自分を溺愛《できあい》してくれた父の死を、百合子は一見冷静に受け止めていたようであった。葬儀でのふるまいも、非のうちどころがなかったが、実はあの日を境いに、百合子は少しずつ狂い出していったようなのである。

そんな妻を、自分は見守るだけだったではないかと常雄は思う。責めることをせず、根気強く許し、見守ってやることが愛情だと自分に言いきかせた。嫉妬《しっと》の情で苦しむ時は、妻もまた苦しんでいるのだと思った自分は、何という欺瞞者《ぎまんしゃ》であったのだろうか。その結果が、今日会う男というわけだ。常雄は知らず知らずのうちに、妻を危険な輪の中に追い込んでいったらしい。

個室のドアを開けた。ビールのグラスを持っている男が座っていた。流行というものであろうか、アロハのようなシャツを着ていた。自由業の男だと、常雄はすぐに見当をつける。時々こういう男たちを見かけることがある。いい年をして、派手な若づくりをしていたり、髭《ひげ》をたくわえている輩《やから》だ。が、その時常雄の胸の中に、安堵によく似た落ち着きが湧く。もし相手の男が、自分と同じようにスーツにネクタイというでたちであったらどうであろう、まず激しい憎悪を感じたに違いない。けれども目の前にいる男は、常雄がいるところとは全く別の世界の住人だ。これは妻の狂いの何よりの証拠ではないか。百合子は普通の心を持って、この男を愛したわけではないのだ。だから何も臆《おく》することはないのだと常雄は自分に言い聞かせる。そもそもたかりに来た人間に、まともな者がいるはずがないではないか。

「はじめまして、坂田と言います、お先にやってますよ」

そうだ、坂田という名前だと常雄は記憶をたどる。妻の携帯電話に残っていた留守番電話、ホテルのルームサービスの伝票のサイン……、百合子は実に多くの痕跡を夫の前に残したものだが、この男が坂田というのか。

「真家です」

常雄は椅子《いす》に腰をおろした。気づくと窓際のこの席が上座ということになる。先に来てビールを飲んでいるものの、坂田はやや下手に出る腹づもりらしい。あるいは席順など全く気にとめぬタイプなのかもしれない。

「お電話をいただきましたが、いったいどういうご用件なんでしょうか」

真家は不快さがいちばん濃く見える表情をつくったが、すぐにやめた。ウエイターが注文を取りに来たからだ。

「僕のボトルを持ってきてくれたまえ。氷と水を用意してくれれば後はいい」

その後気まずい五分間が続いた。ウエイターが注文の品を持ってくるまで、話の本題に入れない。

「このところ急に暑くなりましたね」

坂田が言った。どうやら彼は、沈黙に耐えられない気弱さの持ち主らしい。

「梅雨の前だっていうのに、この暑さはたまりませんね」

「そうですね、やっぱり地球がおかしくなっているのは本当かもしれませんね」

どうして妻の浮気相手と、天気の話をしなくてはならないのだろうかということになるが仕方ない。ウイスキーと氷はなかなか届かなかったのである。おまけに店の方針として最初の一杯はウエイターがつくってくれる。

「そちらにも」

「いや、僕にはビールをもう一杯」

おかげでもう少し天気の話を続けることになった。やっと坂田が切り出してきたのは、二杯めのビールを半分ほど飲んでからだ。

「正直に申し上げますが、実は一年ほど前から、おたくの奥さんとおつき合いをさせていただいています」

ほう、と常雄はつぶやいたが、そのことは薄々気づいていたというニュアンスを込めたつもりである。けれども相手はそのことに反応せず、急《せ》いて喋《しゃべ》ろうとする。

「それからもっと正直に言いますが、僕は今、とても金に困っています。実は近いうちにまとまった金が手に入らないと、今住んでいるところも、仕事の信用もすべて失《な》くしてしまうことになるのです」

ほう、と再び常雄は言ったが、これには思いきり軽蔑《けいべつ》を込めたつもりだ。

「だから真家さんに、ぜひともお金を用立てて欲しいんです」

「これはおかしなことをおっしゃいますね」

我ながら何という貫禄に満ちた声だろうかと常雄は思った。男との格の違いを声で表したつもりだ。こんな男とつき合う百合子をつくづく哀れだと思った。哀れという感情は、嫉妬をも楽々と押さえつけて、自分はまだ本当に妻を愛しているのだと常雄は思った。

「あなたの今のお話は、全くよくわからない。妻があなたと親しくさせていただいていたことと、あなたがお金に困っていることとが、どうやって結びつくんでしょうかな」

「端的に言うと、この写真を買っていただきたいのです」

坂田はまるで手品のような素早さで、シャツのポケットから二枚の写真を取り出した。写真をこれほど無造作に扱うことに、まず常雄の強い怒りがわいた。

写真といっても、こういった写真にありがちなポラロイド写真である。妻の百合子は、ブラジャーをつけていたが、下まで大きくずり下げられていたから、乳房が丸出しになっていた。年相応に黒ずんだ乳首に記憶があった。最後に百合子を抱いたのは、いったいいつのことだっただろうかと、常雄は唐突に考える。写真を見たとたん自分でも意外なほど冷静になった。それは写真の中の百合子が、あっという驚きの表情をしていたせいかもしれぬ。もう一枚のスリップをはだけた写真も同じだった。おそらくこの男は、突然ポラロイドカメラを取り出したのであろう。妻がもし、共犯めいた笑いでも浮かべていたら、自分はきっと許さなかったに違いない。

「二千万円で買っていただきたいんです。あれだけの病院を経営していらっしゃるんですから、このくらいの金、どうということはないでしょう」

坂田はなぜか勝ち誇ったように言う。

「とんでもありません。二千万円といったら大金です。それに私はあの家の婿養子《むこようし》の立場ですからね、私にそんな力はありませんよ」

「そんなはずはないでしょう。奥さまの方に借金をお願いしたら、うちのお金はすべてあなたが管理をしているということでした」

「あなたは、もう妻の方に、こういう脅しをしているのですね」

怒りのあまり常雄の声が震えた。男と会話を交すことによって、脅迫ということがやっと現実のものとなったせいだ。

「いや、写真を見せたりはしていません。しかし坂田はこのことを否定した。ただ借金を申し込んだだけです」

「それだけは絶対にやめてください。彼女をとことん傷つけることになってしまう」

あの誇り高い妻が、この写真のことを知ったらどれほど苦しむことであろう。もしかすると自ら命を絶つかもしれない。いや、今の百合子だったら充分に考えられることだ。

「今、妻は病気なのです。あなただって気づいていたでしょう」

病気だからこそ、お前のような男を相手にしたのだ。そうはっきりと口に出来たら、どれほど気分がよいだろうかと常雄は思った。しかしそれは危険なことだ。医者として培われた慎重な部分が、こういう男を怒らせてはいけないと指示しているのである。

「奥さんに見せないためにも、この写真を買ってください。私はもう、どうにもならないところまで追いつめられているんです」

「坂田さんは、どういうお仕事をされているんですか」

「グラフィックデザイナーです。よくある話ですが、景気のいい時に株に手を出しました。地道に仕事だけしていれば、こんな恥ずかしいことをしやしません」

グラフィックデザイナーというのが、どういうことをするのか常雄は皆目見当がつかない。が、半分水商売のようなものなのだろうか。人の女房に手をつけ、それを元に夫をゆするなどというのは、堅気《かたぎ》の人間だったら思いつくことではない。

「この写真は正真正銘二枚だけです。ポラロイドですからネガもありません。僕はもう奥さんとは会っていませんから、この写真をお渡しすれば、証拠は何も残らないことになります」

「私は正直なところ、この写真にそれほどの価値があるとは思えませんが、私がもし嫌だと言ったら、あなたはこの写真をどのようにお使いになるつもりなんですか」

「そりゃあ、いろんなやり方がありますよ」

男は実に卑しい笑いをした。ヤニのせいなのであろう、前歯の下がかなり黒ずんでいて、煙草《たばこ》嫌いの常雄は思わず顔をそむけた。

「ブラックジャーナリズムというところに買ってもらうことも出来ます。彼らは私なんかと違って本当に悪質ですよ。この写真をチラシにして、おたくの近所にぺたぺた貼るなんてことは朝飯前です」

「いいかげんにしろ！」

勝手に手が動いた。言葉は理性でコントロールすることが出来たが、身体はそうはいかなかった。常雄は思いきり強くテーブルを叩《たた》いていたのである。アイスジャーが大きな音をたて、ウイスキーグラスの水面が左右に揺れた。

「お前みたいな奴、警察につき出してやることも出来るんだぞ」

「それでも構いませんよ。でも警察沙汰になったらマスコミが面白がるでしょうね。僕はそれを心配しているんです。だから穏便に済ませようとしているんじゃありませんか」

結局常雄は二枚のポラロイド写真とひき替えに、一千万円を坂田の銀行口座に振り込んだ。そのために定期をひとつ解約しなければならなかった。もちろん百合子には黙っていたのであるが、偶然銀行からの通知を見たらしい。

「ねえ、一千万、何に使ったの」

夕食の席で百合子が問うてきた。

「ちょっとね、友人に貸してやったんだ。君に黙っていたのは悪かったけれど、学生時代からの大切な友だちだからね」

「ふうーん、そうなの」

百合子はそれ以上関心を示さず、冷たいクリームスープを匙《さじ》ですくった。若いお手伝いがつくったそれは、じゃが芋がよくつぶれていず歯触わりが悪い。以前は料理が得意で、それを楽しんでいた百合子であったが、最近は億劫《おっくう》がってめったに台所に立とうとはしない。長い時間立っているとめまいがするというのだ。

夏のこととて百合子は青い麻のワンピースを着、髪を高く結《ゆ》い上げていた。普段家の中にいる時にも、百合子はきちんとしたものを着、化粧をうっすらとしていた。亡くなった彼女の父親が、そういうことにうるさかったらしい。けれども今よく目を凝らしてみると、百合子の顔はかすかにむくんでいる。このところ通っている婦人科の薬の副作用らしい。

もう少しだ、もう少しだと、常雄は心の中で妻を励ましてみる。お前はあまりにも繊細で優し過ぎた。そして他の女よりもはるかに美しかった。だから中年になって起こるさまざまなものに耐えることが出来なかったのだ。けれどももう少し頑張れば、きっと出口は見えてくる。お前の狂いや悩みももう少しなのだと常雄は思う。

これは全く不思議なことであったが、妻の痴態を撮った写真を見せられても、常雄は妻を厭《いと》うことも憎むこともなかった。それどころか妻の秘密を守ってやれたという満足感が、日々に強くなっていく。考えてみると、本当におかしな夫婦だったなと、常雄は老人のように考えることがあるほどだ。百合子の父親に見込まれ養子に入ったという、他人から見れば打算だらけの結婚であったろう。最初のうち、常雄は妻を愛することにずっと照れていたものだ。まだ若かったから、大病院のひとり娘と結婚した自分のことを、人がどう見ているか気になって仕方なかった。妻の美しさや育ちのよさが高慢に見えたこともある。

おそらく百合子の父親は気づいていたことであろうが、百合子を裏切ったことが何度かある。若い看護婦に手を出したこともあるし、クラブに勤める女と深い関係になったこともある。が、百合子の深い心の底をいつしか覗《のぞ》くようになった時、傲慢なのは実は自分の方だと常雄は気づいた。自分の頭脳と将来が、不当に扱われているとずっと考えていたのではないか、自分という人間の価値は、こんなものではないぞと、ずっと肩をいからせていたのではないか。素直になって百合子を見つめると、妻の心の傷がはっきりと浮かび上がってきた。父親の期待にかなう娘になろうと、ずっと努力してきた少女時代、けれども両親が本当に愛しているのは兄ではないかという疑問、そして大好きな兄に突然逝《い》かれてしまった衝撃……。常雄はおそるおそる妻に手を伸ばした。すると百合子の方はそれに縋《すが》りついてきた。こちらがたじろぐほどの力強さでだ。葛藤の末、この夫と妻とはやっと〝愛し合う〟ことを始めたのである。

そして百合子の父親が死んだ時から、その愛するに〝守る〟ということが加わるようになった。亡くなる前に、百合子の父は常雄に言ったものだ。

「あれの育て方を間違えてしまったのかもしれんな。何の苦労もさせないようにして君のような素晴らしい伴侶《はんりょ》も見つけてやった。けれども人間が、全く苦労をせずに生きるなんてことが出来るわけがないんだ。中年になったら親の死やいろんなことに直面しなくてはならない。百合子がそういうことに耐えられるかどうか、私は本当に心配でたまらない。常雄君、どうか百合子を守ってやってくれたまえ……」

そうだ、あの時に彼の魂が自分に乗り移ったのかもしれないと常雄は思う。そうでなければ、どうして妻に対してこのような気持ちを抱けるだろう。夫の妻に対する愛情というのは、もっと自分勝手で単純なものだ。自分のようなこれだけ深く慈《いつく》しみにとんだ愛情は、もしかすると父親のそれに近いものでないかと常雄は考えることさえあった。

「百合子、君、あんまり食べていないんじゃないのか」

「ちょっと控え気味にしているの。そうでなくても頬《ほほ》におかしな肉がついて……」

どうやら百合子は顎《あご》の線が次第に崩れていくことを案じているらしい。

「そんなことを心配するよりも、ちゃんと食べた方がいいよ。大体、この頃の君は……」

ちょっと元気がないよ、という言葉を常雄はぐっと呑《の》み込んだ。その原因を自分は知っているからである。それにしても、あんな男でも百合子は恋していたと錯覚していたのであろうか。もし恋というものが、今の妻を救う手段であるとするならば、自分はこれからも見て見ないふりをすることが出来ると思う。が、もう少しましな男という条件がつく。自分にそんな広い心などあるはずはないだろうが、出来ることならばこれぞと思う男を妻のために探し出してやりたいとさえ常雄は夢想し、そんな心をまた異常だと己で咎《とが》めてしまう。

坂田から二度めの電話があったのは、夫婦で伊豆へ小旅行に出かけてすぐの時であった。

「このあいだはありがとうございました。おかげさまでとても助かりました」

坂田からの電話は穏やかで、常雄は一瞬お礼の電話かと思ったほどであった。

「けれども困ったことが起きましてね……」

「何でしょうか」

「いただいたお金で、いろいろ借金を整理してみたのですが、あと七百万円、どうしても足りないんですよ」

怒りというよりも、恐怖が胃の奥からこみ上げてくる。相手を小悪党と踏んでいたのであるが、小悪党は小悪党なりに旨味《うまみ》を知ったからには食らいついてくるものらしい。

「あなたが七百万円足りなかろうと、こちらには全く関係ないことですよ」

「それがですね、実に言いづらいことなんですが、ポラロイド写真がもう一枚出てきたんですよ」

「貴様！」

病院の自分の部屋だということも忘れて、常雄は大きな声をあげた。

「貴様、卑怯《ひきよう》だと思わないのか。一回こちらがいい顔をしたからって甘く見るなよ。いつもそっちの脅しにのると思うな」

「それは構いませんが、真家さん、人間っていうのはとことん堕《お》ちていくもんなんですね。追い詰められると、人間どんなこともするもんだってよくわかりましたよ」

それでは二日後、もう一度ご連絡しますからと言って電話は切られた。しばらくは体が震えて、常雄は口をきくことさえ出来なかった。内線をかけてきた職員が、どうかしましたかと尋ねたほどだ。

どうしてもあの男を生かしておくことは出来ないと、常雄は決心する。あんな人間のクズは、生きていても社会の役に立つわけはないであろう。

生かしておくことは出来ない、絶対に、とつぶやいた後で常雄は愕然《がくぜん》とする。生かしておくことは出来ないということは殺さなければならないということであろう。

仕事柄、死はいつも常雄の日常にあった。大きな声では言えぬが、医者という仕事をしていたら誰でも二度や三度は、命にかかわる失敗を犯している。あれも広い意味で言えば殺人と言えないことはない。けれどもそれと、自分の手で人を殺《あや》めることとなれば話は全く別だ。

「自分にそんなことが出来るだろうか」

彼は自分に問うてみた。が、考えれば考えるほどそれはたやすいような気がしてくる。病院の薬品庫には、何種類かの危険な薬が保管されているが、それを使えば、人間のひとりや二人、簡単に死なせることが可能だ。けれども問題はその後で、そうした薬を手に入れることが出来る人間というのは限られてくる。病院関係者とすぐにわかってしまうだろう。あんな虫ケラのような男のために、犯罪者になるのはまっぴらだった。結局、人が人殺しをしないいちばん大きな原因は、殺人者になりたくないためだと常雄は思う。殺されて当然の人間は、この世に何人かいる。それと同じ数だけ、殺したい人間とその理由が存在している。それなのに世の掟《おきて》は、殺人を絶対的に認めない。これから一生、あの男に金をむしりとられるのかと、常雄は歯ぎしりする。金だけならいい、あの男に脅《おび》え、卑屈に仕える人生が始まるのだ。

その時、常雄の脳裏にひとりの男が浮かび上がってくる。四年前、交通事故に遭った老人を院長の常雄自ら執刀した。その前に知り合いのさる国会議員から電話がかかってきて、友人なのでどうしても助けて欲しいと言ってきたのだ。かなりむずかしい容態であったが、手術はうまくいき老人は助かった。手術当日、廊下に立つ黒服の男たちを見て、もしかしたらそうかなと思っていたが、老人は日本でも有名な組織の頂点に君臨していた。

「先生、これは一生の恩にきます。といっても老い先短かいが、本当に先生のためなら何でもいたしますよ」

老人と常雄とは妙に気が合って、診察の合い間に時々話し込むようになった。

「先生、先生がもし本当に殺したい人間が出来たら、私におっしゃってください。撃ったり、首を絞めたり、刺したりするのはいけません。あれはシロウトさんがやむにやまれずすることです。最初から殺人だと明かしているようなものじゃありませんか。私にやらせてくだすったら、そりゃあうまくいたしますよ」

そんなことが出来るのかという問いに、老人は、軽く頷《うなず》いた。

「人が見ている盛り場で喧嘩《けんか》をふっかけます。相手をカッとさせて手を出させます。それからこっちは急所を狙《ねら》って蹴《け》る。どう見ても、通りすがりのチンピラと喧嘩の末、うちどころが悪くて死んだように見えますよ。四国か九州の若い者を使いますから、いくらビラを撒《ま》かれても犯人はまず見つかりません」

それから先生みたいなえらいお医者さんに、こんなことを言うのは失礼ですがと老人は前置きして、

「世の中には金のために何でもする医者が何人もいますよ。ちょっと細工して病院に連れ込めば、いくらでも死亡診断書を書いてくれます」

とも言った。自分のような者が、先生のまわりにいては申しわけないからと、退院してからは二度と会うこともないが、毎年結構な中元と歳暮を送ってくる。あの老人に頼んでみるのはどうであろうか。自分は全く手を汚さずに、一人の人間をこの世から葬《ほうむ》り去ることが出来るとしたら、それは合理的といってもよい。自ら何もしていないのだから、罪の意識に苛《さいな》まれることもないはずだ。

常雄は何度か受話器に手をかけ、そして離すということを繰り返した。本当に老人に連絡をとったのは、坂田から催促の電話があった夜のことだ。

「先生のお役に立てるなんて、こんな嬉しいことはありませんよ」

受話器の向こうで、老人は咳《せき》をひとつした。

「ちょっとお聞きいたしますが、先生はお金を振り込まれた時、相手の口座に入れたのですね」

「そうです。銀行の赤坂支店に振り込みました」

「それはちょっとむずかしくなりますなあ。警察がまず調べるのは、おかしな金が入って来ているか、どうかです。よろしい、私がすぐ調べましょう、そして消せるものなら頑張ってみます」

とりあえず明日私の事務所でお会いしましょうと、老人は電話を切った。

こんな経験は初めてであるが、極限までの緊張が去った後、常雄はとたんに快活な気分になったのである。足元の方は、がたがたと震えているのに、上半身と口は勝手にはしゃいでいる。

「百合子」

彼は愛する妻を呼んだ。

「僕がもし大変な秘密を抱え込んだら、それを君と分け合った方がいいんだろうか」

「もちろんよ、夫婦ですもの」

百合子は大きな目をしばたいて見せた。

「よし、約束しよう。僕も君の秘密を受け持つ。だから君も半分抱えてくれ。これは二人で一生抱えていかなきゃいけないんだ」

「そんな大きな秘密って素敵ね。なんかわくわくしてくるわ」

「そうだとも……」

常雄は妻を抱き締めた。まだ手にしていない秘密が、彼を大層昂《たか》まらせていたのである。

彼の人生で、初めて、そして最大のこのうえなく大きな秘密。それがやってくるとは、まだ信じられない。秘密の重みは自分をどう変えるのだろうか。後悔にさいなまれるのだろうか。それとも忘れようと努力するのか。いずれにしても、彼は半分、妻に背負わせるつもりでいる。それとひきかえに、妻は貞淑さを担うに違いない。今彼は秘密の濃さに酔っている。それは初めて味わう快楽であった。ねっとりと心にまとわりつく、粘度の強い快楽であった。

解説

藤田宜永

一九九八年に、第三十二回吉川英治文学賞を受賞した本書は、ちょっとひねった構成の連作短編集である。

収められている十二話はリレー形式になっていて、一話めで脇役だった男が、二話に移ると主人公となり、二話めで相手役だった女が、次の短編ではヒロインになる。バトンタッチは実にスムーズである。登場人物たちは、まるで四百メートルリレーで他を圧倒する力を誇るアメリカのスプリンターたちのように活き活きしている。

主人公が交代していくという形の小説はこれまでにもあった。僕の記憶では、フランス・ミステリにその手のものが多いように思える。

人生の断片を切り取り、小粋に展開させていくのに、この手法は有効なのかもしれない。

しかし本書は、単にスケッチ風の粋な短編集というわけではない。タイトルからも想像がつく通り、人の心の底に澱のように溜まっている深部を描いている。普通の生活を送っていたら、滅多に起こらない〝事件〟が連なっているのだが、誰にも起こり得ない絵空事が描かれているわけではない。その危うさが怖い。読者が、他人事とすまそうとしても、もしかして自分にも、とつい引き込まれてしまう作品集なのだ。

ベストセラーとなったエッセー集で一躍、時の人となって以来、林さんは女性たちの本音を鋭い視線で見抜き、活写できる作家として評判が高い。それは何も、現代の風俗にどっぷりと浸っている女たちのありのままを描いたというだけのことではない。どこにでもいる女性、どこにでもある現象の底に揺れている、ざらざらとして摑みきれない感覚、サムシィングに筆が届いている。しかもそのタッチはごてごてしておらず、実にさらりとしているものだから、却って、鋭い針の跡が読者に残るのだ、と思う。

男の僕が今さら、この点についてくどくど言うのは野暮というもの。だから、僕が鋭いなあ、と本書を読みながら感激したフレーズをひとつだけ挙げておく。

〝黒々と濡れた瞳をこちらに向けて乳を吸う子どものいとおしさ〟

淡々とした文章だが、母の子供に対する視線が凝縮されている一文である。林さんは歌人になっても成功したと思う。

『爪を塗る女』では、真面目で平凡な主婦の心に潜むエロスと、相手の男の心理が、或る身体的な小道具を使いながら描かれている。次の『悔いる男』は、その女の夫が主人公。学生時代、付き合っていた女に対する男の思いがテーマとなった優れた一編である。

この二話の中にすでに、男の裏と表、女の表と裏が鮮やかに描き出されている。セックスに至るまでの勇気を持ち合わせていない主婦は、男と会うだけでエロスを満足させようとする。だが、男の方はそうはいかない。男は或るとき、ふたりの間に流れている川を、雄となって渡ってくる。女は溲われるようにして男の船に乗ったらしい。

次の話の冒頭で、妻の変わり様が、夫の視点で描かれている。だが、夫は妻が変わった原因にまったく気づいておらず、頭の中にあるのは、昔の恋人のことなのである。男は昔の恋人に電話をする。複雑な思いをこめて電話をした彼に対して、昔の恋人は、あっけらかんとした態度で応える。そして、昔の秘密が実に淡々と、女の口から打ち明けられる。男はしたたかに打ちのめされる。

この二話に出てくる女は別人で、男に対する態度も大きく違っているけれど、僕には同じ人物に思える。描き分けることがうまくいっていない、というのでは決してない。どんな女も、このふたりの心情を持っているということである。好意を寄せている男の態度ひとつで、女はなびく。だが、なびかれたことを男が後生大事に心の隅に秘めていても、女はとっくに先に進んでいる。今の恋がすべて、と躰を張って生きている女のことが、男にはなかなか理解できない。この辺のことが、二つの話を連続して読むと、実によく分かる。

では、男の方はどうなのか。

雄を誇示しようとする男も、昔の恋人の思い出に生きる男も、実はこれもまた根の部分では同じような気がする。

僕は以前から、男の性を〝引き出し型〟と呼び、女の性を〝リネン型〟と名付けている。

男は、何ごとにおいても、いくつかの引き出しを用意し、対処しようとする傾向があるように思う。具体的に言うと、上段の引き出しには、憧れの女性（初恋の人を含む）を入れておき、ここに収めた女を、やたらと神聖化したがる。マドンナ志向というのが、その典型だろう。ところが、同じ男が、風俗に行った途端、野獣と化す。風俗嬢は単なる女体。何をしてもいい相手となる。引き出しの最下部には、風俗嬢が収まっているのである。神聖化した女には、そう簡単に男に裸を見せてもらいたくない、と勝手に思い、そういう女に手を出した男は、周りの男たちから、疎んじられることが多い。

しかし現実は、マドンナにされた女も風俗嬢も、女には変わりはない。マドンナにされている女が、好きな男が相手であればすぐに一夜を共にすることはあるだろうし、風俗嬢が精神的に男と関わろうとすることも稀ではない。

女はリネンのように柔らかいのである。変幻自在に相手の形に合わせることができるが、関係が終われば、一枚の綺麗な布に戻り、新たな恋人を迎え入れると、その男の形に合わせられる。リネン型というのはそういう意味である。女性に主体性がないというのではない。何があっても、洗い立ての綺麗な布に戻れるという強さが、女性特有の主体性だと僕は思っている。

〝女が逃れられないのは現在の男と、せいぜいがその前の男ぐらいのものだ〟(『花を枯らす』)

男の中には、この感覚が実感できない者が案外多い。

なぜ、男がそうなってしまうのか。我が身の愛おしい性を弁明させていただくと、男の性に限りがあるからである。どんな性豪も、若い頃から、いつか自分のペニスが駄目になることに気づいている。

では、女の方はどうかというと、セックスをしたくないと思うことはあっても、いつかできなくなるという気持ちを持って生きていることはほとんどないはずだ。涸れ尽きることを知らない井戸のような存在なのである。男は、そんな性に対して、必然的に守りの姿勢を取りたくなる。自由奔放にされては困るので、歯止めをしたくなる。そうでないと勝負にならない。貞淑を求め、女をマドンナに祭り上げておいて、裏では、クジャクの羽根をばたばたさせて、女を獲ようとする。それもこれも、涸れてしまう井戸の持ち主だからである。

『悔いる男』に登場する、昔の恋人から優しい言葉を期待していた男の態度も、不能を感じた後、キスしか許してくれなかった女を思いだし、彼女を誘って〝雄であることを証明しよう〟とした中年男の行為（『夢の女』）も、限りある性の持ち主の足掻きだと言って差し支えないだろう。

その点をも、林さんは鋭く見抜いている。女たちのことが洞察できるということは、男のこともまたよく分かっている、ということに他ならない。

〝現代において男たちは四十代になると、はっきり二手に分かれていくようである。早くも恋や性愛というものをあきらめ、自嘲することによって同性の連帯を深めていくグループ。もう片方は次第にしのび寄ってくる老いに対抗するように、女たちを追い求めるグループである〟(『従姉殺し』)

この箇所を引用するだけで、林さんの男を視る目の確かさが分かっていただけるはずだ。

父親と同じ年代の男の性戯に溺れる女、近親相姦を夢想してしまう男、欠落感をセックスで埋めている女などなど、時にはミステリ的な要素も含みながら、〝みんなの秘密〟、男と女の裏表が、見事に描き出されている。

林さんは、多くのファンに支持されている流行作家である。だから、こんなことを言うのは蛇足かもしれないが、女性だけでなくて、男性にも本書をお薦めしたい。繰り返しになるが、女だけではなくて、男の本質もきちんと描かれているからである。しかも、その視線はエキセントリックでは決してない。優しい眼差しで描かれているとさえ言って過言ではないと思う。妻は夫に、独身女性は恋人に、是非、読ませてほしい。男女のことで、本質を見ないように逃げ腰になるのは、いつも男だから。

小説は、何かに役立つために書かれるものではないけれど、男と女のことはディテールがきちんと書き込まれた小説から得るものは多い。

作者の意図を越えたところで、多大な貢献をしてしまうのが上質な小説の宿命なのである。本書はまさに、そのことに該当する一級品の短編集である。

本書は二〇〇一年一月に講談社文庫より刊行された『みんなの秘密』を改訂し文字を大きくした新装版です。

|著者| 林 真理子　1954年山梨県生まれ。日本大学芸術学部卒業。'82年エッセイ集『ルンルンを買っておうちに帰ろう』が大ベストセラーに。'86年『最終便に間に合えば／京都まで』で第94回直木賞を受賞。'95年『白蓮れんれん』で第８回柴田錬三郎賞、'98年『みんなの秘密』で第32回吉川英治文学賞、2013年『アスクレピオスの愛人』で第20回島清恋愛文学賞、'20年第68回菊池寛賞、'22年第４回野間出版文化賞を受賞。'18年には紫綬褒章を受章した。小説のみならず、週刊文春や「an・an」の長期連載エッセイでも変わらぬ人気を誇っている。

みんなの秘密《ひみつ》 〈新装版《しんそうばん》〉

林《はやし》 真理子《まりこ》

講談社文庫

定価はカバーに
表示してあります

2025年４月15日第１刷発行

発行者――篠木和久
発行所――株式会社　講談社
東京都文京区音羽2-12-21　〒112-8001
電話　出版（03）5395-3510
　　　販売（03）5395-5817
　　　業務（03）5395-3615

KODANSHA

デザイン―菊地信義
本文データ制作―講談社デジタル製作
印刷――株式会社KPSプロダクツ
製本――株式会社国宝社

Printed in Japan

ISBN978-4-06-539256-0

講談社文庫刊行の辞

二十一世紀の到来を目睫に望みながら、われわれはいま、人類史上かつて例を見ない巨大な転換期をむかえようとしている。

世界も、日本も、激動の予兆に対する期待とおののきを内に蔵して、未知の時代に歩み入ろうとしている。このときにあたり、創業の人野間清治の「ナショナル・エデュケイター」への志を現代に甦らせようと意図して、われわれはここに古今の文芸作品はいうまでもなく、ひろく人文・社会・自然の諸科学から東西の名著を網羅する、新しい綜合文庫の発刊を決意した。

激動の転換期はまた断絶の時代である。われわれは戦後二十五年間の出版文化のありかたへの深い反省をこめて、この断絶の時代にあえて人間的な持続を求めようとする。いたずらに浮薄な商業主義のあだ花を追い求めることなく、長期にわたって良書に生命をあたえようとつとめるところにしか、今後の出版文化の真の繁栄はあり得ないと信じるからである。

同時にわれわれはこの綜合文庫の刊行を通じて、人文・社会・自然の諸科学が、結局人間の学にほかならないことを立証しようと願っている。かつて知識とは、「汝自身を知る」ことにつきていた。現代社会の瑣末な情報の氾濫のなかから、力強い知識の源泉を掘り起し、技術文明のただなかに、生きた人間の姿を復活させること。それこそわれわれの切なる希求である。

われわれは権威に盲従せず、俗流に媚びることなく、渾然一体となって日本の「草の根」をかたちづくる若く新しい世代の人々に、心をこめてこの新しい綜合文庫をおくり届けたい。それは知識の泉であるとともに感受性のふるさとであり、もっとも有機的に組織され、社会に開かれた万人のための大学をめざしている。大方の支援と協力を衷心より切望してやまない。

一九七一年七月

野間省一

講談社文庫 目録

長谷川 卓 嶽神伝《がくじんでん》 鬼哭《きこく》（上）（下）
長谷川 卓 嶽《がく》神《じん》列伝《でん》 逆渡《さかわた》り
長谷川 卓 嶽《がく》神《じん》伝《でん》 血路
長谷川 卓 嶽《がく》神《じん》伝《でん》 死地
長谷川 卓 嶽神伝 風花（上）（下）
原田マハ 夏を喪くす
原田マハ 風のマジム
原田マハ あなたは、誰かの大切な人
畑野智美 海の見える街
畑野智美 南部芸能事務所 season5 コンビ
早見和真 東京ドーン
はあちゅう 半径5メートルの野望
はあちゅう 通りすがりのあなた
早坂 吝《やぶさか》 〇〇〇〇〇〇〇〇殺人事件
早坂 吝 虹の歯ブラシ〈上木《かみき》らいち発散〉
早坂 吝 誰も僕を裁けない
早坂 吝 双《そう》蛇《じゃ》密室
浜口倫太郎 22年目の告白〈―私が殺人犯です―〉
浜口倫太郎 廃校先生
浜口倫太郎 AI崩壊
原田伊織 明治維新という過ち〈日本を滅ぼした吉田松陰と長州テロリスト〉
原田伊織 列強の侵略を防いだ幕臣たち〈続・明治維新という過ち〉
原田伊織 〈明治維新という過ち・完結編〉虚像の西郷隆盛 虚構の明治150年
原田伊織 三流の維新 一流の江戸〈明治は「徳川近代」の模倣に過ぎない〉
葉真中《はまなか》 顕《あき》 ブラック・ドッグ
原 雄一 宿命〈國松警察庁長官を狙撃した男・捜査完結〉
濱野京子 with《ウィズ》 you《ユー》
橋爪駿輝 スクロール
パリュスあや子 隣人X
パリュスあや子 燃える息
平岩弓枝 花嫁の日
平岩弓枝 はやぶさ新八御用旅（一）〈東海道五十三次〉
平岩弓枝 はやぶさ新八御用旅（二）〈中仙道六十九次〉
平岩弓枝 はやぶさ新八御用旅（三）〈日光例幣使道の殺人〉
平岩弓枝 はやぶさ新八御用旅（四）〈北前船の事件〉
平岩弓枝 はやぶさ新八御用旅（五）〈諏訪の妖狐〉
平岩弓枝 はやぶさ新八御用旅（六）〈紅花染め秘帳〉
平岩弓枝 新装版 はやぶさ新八御用帳（一）〈大奥の恋人〉
平岩弓枝 新装版 はやぶさ新八御用帳（二）〈江戸の海賊〉
平岩弓枝 新装版 はやぶさ新八御用帳（三）〈又右衛門の女房〉
平岩弓枝 新装版 はやぶさ新八御用帳（四）〈鬼勘の娘〉
平岩弓枝 新装版 はやぶさ新八御用帳（五）〈御守殿おたき〉
平岩弓枝 新装版 はやぶさ新八御用帳（六）〈春月の雛〉
平岩弓枝 新装版 はやぶさ新八御用帳（七）〈寒椿の寺〉
平岩弓枝 新装版 はやぶさ新八御用帳（八）〈春怨 根津権現〉
平岩弓枝 新装版 はやぶさ新八御用帳（九）〈王子稲荷の女〉
平岩弓枝 新装版 はやぶさ新八御用帳（十）〈幽霊屋敷の女〉
東野圭吾 放課後
東野圭吾 卒業
東野圭吾 学生街の殺人
東野圭吾 魔球
東野圭吾 眠りの森
東野圭吾 宿命
東野圭吾 変身
東野圭吾 天使の耳
東野圭吾 ある閉ざされた雪の山荘で
東野圭吾 同級生

講談社文庫　目録

講談社文庫　目録

講談社文庫　目録

2025年3月14日現在